もしもノンフィクション作家がお化けに出会ったら

工藤美代子

角川文庫
18813

まえがき

ノンフィクションを書き始めてから、あっという間に三十年以上の月日が経過した。

私は二十代の頃にカナダに住んでいた。そこで、かつて田村俊子という女流作家が不倫の果ての逃避行でバンクーバーに来て、十五年も生活していたことを知った。彼女の足跡を調べたのが、物書きとしては初めての仕事だった。

そのときカナダ人の友人に二つの点を注意された。彼女は日本に留学経験もあり、日本文化をよく知っている人だった。

「ミヨコ、ノンフィクションを書くのなら、まず絶対に嘘を書いてはいけないのよ。ここで、ちょっと話に手を加えたら面白くなると思っても、それはしてはいけないこと。とにかく真実を書くという気持ちで、事実を掬《すく》い上げるのがノンフィクションだから、私の言葉を忘れないでね」

透き通った青い瞳《ひとみ》で、じっとこちらを見て、私にいった友人の言葉は強烈な印象を残した。

そして、今になると、なぜ、彼女が「真実」と「事実」を分けたのかもわかるのだ。

事実として伝えられる内容は、それが文字になったものでも、談話として記録されたものでも、往々にして真実ではないことがある。そんな場面に何度もぶつかって、私はノンフィクションの難しさをかみしめた。

続けて友人はもう一つの忠告をした。

「日本ではどうだか知らないけれど、カナダでは一度、盗作をしたら、その作家は完全に葬り去られるのよ。あの日系ジャーナリストのA氏のように。だから盗作はしてはいけない。このことを肝に銘じて憶《おぼ》えていてね」

その言葉にも私は深くうなずいた。

実はちょうどその少し前に、日系二世のジャーナリストで、かなり有名な人が盗作をしたことが発覚し、大きなニュースになっていた。彼はもう二度と文章を発表できないだろうと日系人は嘆いた。才能のあるジャーナリストで、日系人は彼を誇りに思っていただけに盗作騒動の落胆は大きかった。

盗作とは恐いものだ。犯罪に近いのだという認識を私は刷り込まれた。

ところが、その後、日本に帰ってみると、日本の社会は盗作に、ひどく寛大なことを知った。盗作が明らかになった作家でも平気で文壇に復帰している。なかには何度も盗作を重ねている人もいる。それでも作品が売れて商売になれば許されるのだとわかって、私は愕然《がくぜん》とした。

しかし、ノンフィクションを書くという作業をまさにスタートさせる地点で「嘘を書かないこと」「盗作をしないこと」の二点を基本としたのは、私にとっては良いことだったと思っている。

なぜこんな話を始めたかというと、幼い頃から、私は不思議な体験をすることが多かった。だが、自分がそういう体験をするのが、何か特別なことだとは考えていなかった。誰にでも起きる現象であり、あの世の人たちはこの世でも生きているのだというふうに、解釈していた。

まだ小学校一、二年生のとき、かくれんぼをしていて鬼になった。両手で目隠しをしたら、誰かが私のスカートの裾《すそ》を引っ張った。ちょんちょんと引っ張ったのが、一緒に遊んでいる友達ではないと私は知っていた。なぜかと聞かれると困るのだが、小柄な私のスカートの裾を下に引っ張るには、そうとう小さな生き物じゃなかったら出来ない。そんな小さな生き物は付近にはいなかったし、第一、感触が人間のものとは違っていた。ふわりと生暖かい空気が感じられた。

もしかして幽霊の専門家に聞けば、こういう状況のときに出没するお化けがいて、なんと呼ばれているかを知っているのかもしれない。だが、私は彼らにはおよそ興味がなかったので調査もしなかった。嫌いではないけれど、とくに自分が時間を割く対象とも思えなかった。

ところがノンフィクションを書き始めてしばらくたった頃に、不思議体験の話をある編集者の人にしたら、ひどく面白がった。そして文章にするようにと勧められた。

このときに、私はカナダ人の友人の言葉を思い出したのである。

私の体験ははたして読者が面白いと感じるほど珍しいものなのだろうか。文章にして残す価値があるのだろうか。まったくわからないのだが、とにかく嘘は書くまいと、まず決心した。ここで、もう少し話に尾ひれを付ければ立派な怪談になるとわかっていても、自分の体験したこと以外は書かないことにした。

つまり、読み物としては成立しない危険を孕《はら》んでいても、それでもよいと腹を括《くく》った。

それから、誰かがすでに書いたものを参考にするのも止めようと決めた。これは無意識のうちに自分が盗作をしてしまうのが恐かったからである。

したがって、私は過去十五年ほどは、いわゆる怪談と呼ばれる書籍はまったく目を通していない。ただし、ラフカディオ・ハーンの作品だけは例外だった。彼の伝記を書いたために、『怪談』を読まざるをえなかったからだ。それにどれだけの影響を受けたか、自分でもわからないのだが、ハーンの時代と現代とを比較したときに、怪談というジャンルに限っていえば、おそらくあまり大きな変化はないのではないかと感じた。

「雪女」や「耳なし芳一」のような存在は、平成の時代になっても、どこかで普通に人間と交流しているような気がした。少なくとも自分は、恐ろしい経験はないのだが、奇妙な経験はたくさんあって、未知との遭遇はいくらでもあり得るのだと信じている。彼らを「お化け」と呼んでよいものかどうか、今回少し迷ったのだが、それが一般的には分かりやすい名前であるには違いなかった。

おそらく、私がこんな日常の些細《ささい》な体験を書き残すことが出来たのは、毎日の時間がゆったりと流れていて、暇だからなのだろう。もっと忙しかったら、彼らとの出逢《であ》いを書き残す気持ちにはならなかったはずだ。

それから、人間は歳をとると霊感が失われるという説もよく聞く。そういう意味での霊感を私は備えていないので、お化けの出没の頻度は子供のときも、還暦を過ぎた今もあまり変わらない。ときどき彼らは遊びに来る。そして普通の人間と同じように意地悪なのもいれば優しいのもいる。

私の勝手な想像では、忙しい現代社会に生きている人々の八割以上が、なんらかの形で彼らと出逢った経験があるのではないだろうか。

たまたま自分はノンフィクションを書くことを生業《なりわい》としているため、小さな経験を一冊の本にすることが出来た。それは非常に幸せなことだ。そしてもっと歳を取ったら、彼らとゆっくり向き合ってみるのも一興ではないかと思っている。

目次

まえがき　三
病院にて　一一
その男の顔　三一
通じる思い　四九
三島由紀夫の首　六五
知らない住人　八一
悪魔の木　九七
兄とコピー　一一一
謎の笛の音　一二七
元夫の真っ白な家　一三九
坂の途中の家　一五一
バリ島の黒魔術　一六九
霊感ＤＮＡ　一八七
母からの電話　二〇七
「赤い」人たち　二二三
火の玉は何色か？　二三五
あとがき　二五三
文庫版あとがき　二六三
解説　角田光代　二六四

病院にて

私はおよそ世の中のあらゆることに関して、偏見は少ないほうだと自分で思っている。

人種差別はもちろんしない。同性愛の人たちに対する偏見もない。職業に関しても、まさに貴賤《きせん》はないと信じている。

しかし、どうもあやしい感じがして、好きになれない人たちがいる。それは、いわゆる霊能者と呼ばれる人種だ。超能力者も含まれる。

そういう人たちが、お化けを見たとか、宇宙人に遭遇したとかいうのはもちろん勝手だ。死者からのメッセージを伝えるのを商売にしている人もいる。

はい、はい、どうぞ御自由にやって下さいと、いつも私は心の中で思う。だが、正直にいって、そうした話はどこかうさん臭い。どうもこの世のルールを勝手に無視した妄想の世界にいる人々が創作しているように思えてしまう。だから、特に霊能者とお友達になりたいとは思わない。自分とは関わりのないところで、なんでもやっててくださいといった程度の感じ方しかできない。

ただ、困った問題が一つある。それは、私の周辺でよく不思議なことや変なことが起きるのである。だからといって私は自分に霊感があるなどと思ったためしは一度もない。その逆なのである。霊的な面に関しては、私はいたって鈍感だ。

誰かに会って、その人の背後霊が見えたなんて経験は一度もない。それになにより、他の人が聞いたらぞーっとするような恐ろしい話が、私にはちっとも恐くないのだ。うまく説明できないのだが、つまり他人にとっては「怪談」であるものが、私にはそうじゃない。その理由は、私のそっちのほうについての感性がひどく鈍だからだ。

たとえばフライト・アテンダントさんは、空を飛ぶのが商売だから、飛行機に乗るたびに墜《お》ちはしないかとドキドキ心配してたら生きてはゆけない。日常の営みの一部として空を飛んでいる。看護師さんは病人のお世話が仕事だから、病人が亡くなるたびに動揺して悲嘆に暮れていたら、これまた仕事は続けられないだろう。

それと同じように、私の場合、妙ちくりんな出来事が日常茶飯事的に起きる。それにいちいち関わりあって、その意味を穿鑿《せんさく》していたら、とても本業の原稿書きなどできない。

だから長い年月、私は自分の周辺に起きる変な現象は無視することに決めていた。ああ、また起きたのねといった程度に思って、すぐ忘れてしまう。真剣にクヨクヨ考えない。

しかし、あるとき知人に話したら、それはけっこう面白い体験だから書きとめるだけでも書きとめておいたらどうかと勧められた。また、もう一人の別の知人は、すごくインテリで、物識《ものし》りの学者だったが、彼にいわせると、そういう変な話というのは、現代ではもうほとんど聞かなくなっている。理性が支配している現代社会で、そんな原始的な体験をする人は珍しいといわれた。

なんだ、それじゃあ私はピテカントロプスか、北京原人か？　といいたくなったが、とにかく相手は真顔で、二十一世紀に向けて、ぜひ書き残しておきなさいと繰り返しいう。

そこまでいわれると、おっちょこちょいの私は、とりあえず片っぱしから、身のまわりの出来事を書こうかという気になった。その半面、私に起きたことは他の人もけっこう体験しているのではないかとも思う。つまり、それほど珍しい話ではないのではないか。

ただ、たまたま私は、物を書くのが職業なので、それを書き残しておけるだけなのかもしれない。いずれにせよ、これから書くことは、すべて真実で、一切脚色は加えていない。

他人様《ひとさま》に御迷惑が掛かるといけないので、固有名詞は伏せるか変えてある場合がある。世の中には物好きがいて、変なことのあった場所をわざわざ訪ねたりする趣味の人がいる。そうするとはた迷惑な場合があるからだ。

しかし、記述の内容そのものは、たしかに自分が見聞きした体験である。

それにしても、何から書き出したらよいのだろう。とにかく最初に頭に浮かんだ思い出から書いてみよう。


平成十年の秋の話だ。私は手術をするために都内のある病院に入院した。大きな病院である。名前をいえば、たいがいの人は知っているはずだ。

建物はかなり古い。築二、三十年は確実にたっている。なぜ手術したかは、話の本筋とは関係ないので、ここでは省略する。

入院をした最初の日は検査だけだった。いよいよ明日は手術だなあと思いながら、私はこっそり日本酒を飲んでいた。本当はいけないのだが、気が立っているので、日本酒くらい飲まなければ眠れそうにもなかった。九時に消灯なのだが、いつも午前一時頃にベッドに入る身としては、とても眠れそうにもない。個室なので他の患者さんに遠慮する必要もなかったので、九時を過ぎても、スタンドをつけて本を読んでいた。

すると、十一時をまわった頃、隣室から、「ウーン、ウーン」と人の唸《うな》る声が聞こえる。それは間違いなく右隣の部屋から伝わってくるのだ。あら、いやだ、きっと今日手術した人がいるんだ。それで痛くて唸っているのだろうと私は思った。自分も明日の今ごろは、やっぱりウンウンいって痛がってるのかなあ、気が滅入《めい》るなあとため息をついた。

実際、その低い声は真夜中まで続いた。耳につくと気になってなかなか眠れず、ようやくウトウトまどろんだのは明け方近くになってからだった。

翌朝はもう午前七時ごろには起こされてたしか九時ごろから手術だった。麻酔の注射がいやに痛かったのを覚えている。

初めは一時間ほどで終わる予定だった手術は意外に長引いて二時間半かかった。

麻酔の効いている間は、もちろん意識もなく時間の感覚は飛んでしまう。気がついたときはもう手術は終わり、もとの病室のベッドの上にいた。術後も思ったほどには痛さはなかった。特に苦しいという感じもなく、ただ身体全体が重いような気がした。身動きできず寝返りを打てないのがむしろ辛《つら》かった。

その晩、私はふと妙なことに気づいた。病室というのは鍵《かぎ》がかからない。そりゃ当然で、夜中でも看護師さんが見まわりに来てくれるからだ。

　今は、ほとんどの病院が完全看護になっていて、付き添いの人が泊まり込むケースは希《まれ》だ。よほど重体なら別だが、私のように生命に別状がないとわかっている手術の場合は、もちろん家族も泊まり込んだりはしない。

　すると、真夜中に鍵のかからない部屋で、たった一人で寝ていることになる。これは、けっこう恐いといえば恐い。変な人が病院にまぎれ込んだら、なんでもできる。映画の『ゴッドファーザー』の中で、マフィアが人を殺すために病室へ侵入するシーンがあった。あれはいかに病室が無防備であるかを、よく示していたなぁと今さらのように思い出した。

　でも、私の病室はナース・ステーションのすぐ前だし、そんなにビクビクしなくても大丈夫だろう。私は自分の臆病《おくびょう》さが、なぜかおかしくなって、一人で笑ったりしていた。

　その晩もやはり十一時過ぎから低い唸り声が聞こえてきた。夜になると痛む傷なのかもしれないと私は考えていた。

　夕食後に見まわりに来てくれた看護師さんに、私はテレビを何時までつけていてもいいのか尋ねてみた。

「通常は消灯時間の九時までなんですけど、低い音でしたら遅くまで見ていてもかまいませんよ」と親切にいってくれた。

「別にこの部屋の音は外にもれませんから」と彼女はつけ加えた。

私は何気なくその言葉を聞き流していたのだが、唸り声が聞こえてきてはっとした。こんなにはっきり聞こえるというのは、つまり相当に大きな声で唸っているのではないだろうか。たしかに看護師さんは、テレビの音は外にもれないといっていたのだから、壁は厚いはずだ。

お気の毒になぁという思いが強くなった。どんな病気かわからないけど、あんなに大声で唸るなんて、よほど痛いのだろう。


手術をした翌日は、まだ寝返りが打てず、私は相変わらず自分の身体を持て余して、足を組んだり腕を動かしてみたりしていた。

見舞いに来た夫に聞いたところ、手術のとき私の麻酔がなかなか効かないで大変だったという。「まさか昨日、奥さんお酒なんか飲まれませんでしたよね？」と医者に訊《き》かれて、夫はヒヤリとした。私が二合も飲んでいたのを知っていたからだ。

しかし、さすがに術後すぐにお酒を飲む勇気はなく、深夜の病室でパッチリと目を開けているしかなかった。

すると、三日目の晩、夜の九時ごろから子供のキャッキャッと笑う声が隣室より聞こえてくるのである。あんな重病人のところに、子供なんてよく連れて来るものだなと私は感心した。元気のよい男の子がはしゃいでいる様子が伝わってくる。うるさいけれど、でもそれで病人の痛みがやわらぐのなら良いだろうと思った。

ところが、その子供のかん高い笑い声は、十二時を過ぎてもやまないのである。

「ちょっとちょっと、ここは病院よ。夜中まで子供を遊ばせておくところじゃないわよ」と、私はだんだん苛《いら》ついてきた。

さっさと帰せばいいのに。それじゃないと病人の容態にもさわるかもしれない。余計なお世話かもしれないが心配になった。

それから、あっと思った。もしかして、入院している患者さんが替わったのかしら、昨日までの唸り声が聞こえないから、あの人は集中治療室へでもまわされて、もっと軽症の人が入ったのかもしれない。手術はきっと明日なので家族で今夜はゆっくりしているのだろうか――。

私はさまざまな想像をしてみた。しかし、子供の声が午前二時ごろまで聞こえていたのには、さすがにあきれた。なんと無神経な見舞い客だろう。病院も病院だ。注意をしないのだろうかと腹が立った。

翌日、私はもう自力でお手洗いへも行けるようになり、ずいぶんと元気になった。顔見知りの看護師さんもできて、熱を測ってもらいながら、私の術後はいたって順調だと聞かされた。

「ところで、隣の部屋の患者さん、昨日は新しい人になったんですか？」

私は何気なく看護師さんに尋ねてみた。すると、看護師さんはとまどったような表情を見せた。

「工藤さんが入院なさってからは、隣に入院している患者さんはいらっしゃいませんよ」

「えっ？　空いていたんですか？」

「ええ。この四日間は入院患者はいません」

と、はっきり答えたのだった。

では、私が聞いた声はなんだったのだろう。今でも、私にはわからない。ただ、その声について、私は恐ろしいという感じは特になかった。というか、なにも感じないで、ごく自然な人間の声だと思っていた。それは自分に霊感がない証拠だろう。霊感があったら、すぐに別の何かを感じたにちがいない。

とにかく私は、十日間ほど入院したのだが最初の三晩以外には、もう夜中に音が伝わってくることはなかった。

しかし、不思議な経験は他にもあった。

あれは手術をして一週間後くらいだったと思う。いよいよ抜糸ということになった。そう、傷口を縫い合わせている糸を抜くのである。これは想像してみても、あまり気分の良いものではない。痛いに決まっていると思うのだ。

しかし、いつまでも糸を抜かないわけにもいかないし、ここは我慢するしかない。

そんなわけで、その日は朝からどうも気分が落ち着かなかった。

お手伝いのハナさんが病院に来てくれたのは午前十一時ごろだった。彼女はわが家の家政婦さんなのだが、自身も大病をして何度か入院した経験があるため、親身になって看病をしてくれる。この日も着替えやお菓子を家に立ち寄って持って来てくれた。

年齢は聞いたことがないが、六十代後半といったところだろうか。

「遅くなってごめんなさい」とハナさんが元気良く病室に飛び込んで来たのに続いて、看護師さんが入って来た。

「工藤さーん、これからY先生が抜糸をするっておっしゃってますから、処置室へ行きましょうね」

やさしく、子供にいいきかせるような口調だ。ついこちらも「はーい」と素直に答える。

間もなく看護師さんが車椅子を押して来た。私は車椅子に乗るのは初体験だ。歩こうと思えば歩けるような気もするのだが、処置室が遠ければ車椅子のほうが楽だ。

なんだかちょっとドキドキしながら車椅子に乗る。デブの私は重いらしくて、看護師さんがヨイショという掛け声をかけて車椅子を後ろから押した。

久しぶりに病室から廊下へ出たところで、あれっと思った。私の病室のすぐ前はナース・ステーションになっていてその横に簡単な応接セットが置いてある。軽症の患者さんやお見舞いに来た人などがそこで、雑誌を読んだり談笑したりする待合所だ。

その場所から廊下にかけて、白衣を着た人たちがぎっしり並んでいる。なんで今日は、こんなにたくさん人がいるのだろう。

白衣の人はお医者さんみたいだから、研修でもあるのかしらと私は思った。

その人たちの前を通ってエレベーター・ホールまで行き、エレベーターで七階の処置室へ行った。私の病室があるのは五階だった。

それほど遠くはないが、やはりまだこの距離を歩くとなると辛《つら》いかもしれない。押してくれる看護師さんには申し訳ないが、車椅子で良かったなあと私はひそかに思った。

「はい、すぐだからね、大丈夫だからね」

といいながら、Y先生はピッピッと傷口の糸を引っぱる。これがけっこう痛い。

「イテ、イテエ……。先生イタイですよ」

思わず私が叫ぶと先生は手を止めて、こちらの顔を見る。

「あのね、工藤さん、イテエっていうとお育ちがわかるよ。女性なんだからイタイっていいなさい」

そんなことどっちでもいいから、早く終わりにしてくれと思ったけれど、Y先生はかなり真面目な表情である。どうも男のY先生は、女が「イテエ」というのが気に入らないようだ。

私だって、普通はもうちょっと品良くしているのだが、見栄を張っているときではなかった。

「はい、これで終わり。傷口もちゃんとくっついているし順調ですよ」

手早く抜糸をすませると、初めてY先生は笑顔を見せた。こちらもほっとして笑い返す。

「じゃ、いったん病室へもどっていて下さい。後で様子を見に行きますから」

Y先生にいわれて、私はまた車椅子の人になった。

「なんか、今日は廊下にいやに人がいっぱいいましたけど、インターンの方たちですか？」と緊張もほどけたので、看護師さんに話しかけた。

「廊下にですか？ いや、いつもと同じですよ。別に人が多いってことはないですよ」

こともなげに頑丈そうな看護師さんは答えた。

でも、だって、あんなに白衣を着た先生たちがいっぱいいたじゃないという言葉を私は呑《の》み込んだ。もしかしたら、先生たちの出入りは彼女にとっては日常のことかもしれない。たまたま、私は久しぶりに病室を出たので、先生が多いように感じたとも思える。

またエレベーターで五階まで降りて、自分の病室へ向かった私は、「なに？ この人たち？」とびっくり仰天した。白衣の先生たちはいなかったが、今度は見舞い客らしい人々が、ところ狭しと廊下や待合所にいるのだ。

着物を着たおばあさんや、大工さんみたいな格好をしたおじさん、ランドセルを背負った子供もいる。まるで、どこかの団地から、どっと何家族かが押し寄せて来たみたいだ。

彼らはじっと静かに立っている。口をきかない。だから、二、三十人はいると思うのだが、すごく静かだ。

その前を私の乗った車椅子はトロトロとゆっくり押されて病室へもどった。

それにしても不思議な集団だった。今日は変な日だ。さっきは白衣の人がたくさんいて、今度は普通の人たちが並んでいる。

「ねえハナさん、ここへ来るとき廊下にたくさん白衣の人がいなかった?」

私はベッドに横になるとハナさんに尋ねた。

「ええ、そうなんですよ。今日はなんか新米の先生たちの研修でしょうかね。いっぱい白い上着を着た人たちがウロウロしてましたよ」

ハナさんがそう答えてくれたので、私はなぜか安心した。やっぱり今日は先生たちの多い日なのだ。
二、三時間、うとうとと眠っていたら、Y先生たちがみえた。
「まだイテエかい?」

いたずらそうな顔で質問する。

「イテエですよ。そりゃあ」と、私もふざけて返事をした。実はそれほど痛くはなかった。

もう一度傷口を見て、Y先生は安心したようだった。これならば、あと三日くらいで退院できますよといってくれた。私は思わず「バンザーイ! またお酒が飲める」などと口走った。今は一滴も飲まないが、当時はよく飲んでいた。

「ところで先生、今日はなんか廊下に人が多いみたいですけど、重病人でもいるんですか?」

私はふと思いついて訊《き》いてみた。あんなにたくさん待合所に人がいるのは、誰か死にそうな重病人がいて、ご家族や友人たちがつめかけているためかもしれないと気づいたのだ。それで皆は、静かにじっと立っているのではないか。

「えっ? そんなに人がいた? おかしいな。ボクが来たときは誰もいなかったよ」

そういってY先生は傍らの看護師さんの顔を見た。さっき車椅子を押してくれた人とは別の人だ。

「ええ、今日は朝から特にお見舞いの方が多いこともありませんし、待合所もそんなに混んでいなかったと思いますけど」

変なことをいうなあという感じで、看護師さんは私を見る。それ以上、私は何もいえなくなった。それに、まあ、他の病室のことなどあまり尋ねるべきではないかもしれない。

私は黙ってしまった。Y先生と看護師さんが帰った後で、ハナさんが口を開いた。

「ミヨコさんのいうとおりですよ。あんなにごちゃごちゃ人がいっぱいいたのに、先生も看護師さんも目に入らないのかしら。いやですねぇ。あの人たちは慣れっこになっているから」

何が慣れっこなのか。ハナさんの言葉の意味がよくわからなかったが、とにかく私は軽くうなずいた。


それから、ほんの十分も過ぎないうちに廊下をドヤドヤと三、四人の人が駆けて行く足音が聞こえた。ものすごく急いでいるのがわかる。

ハナさんが病室のドアを開けてみると、酸素ボンベのような大きな器械を押して、お医者さんと看護師さんが走って行ったという。

間もなくアナウンスが流れた。「外科のK先生、至急五号棟の八号室へ来て下さい」と緊迫した声だ。

「五号棟の八号室ってここから右にもしかして三つ先の病室じゃない？」

私がいうとハナさんが、「ええ、そうですよ。さっき大慌てで先生やら看護師さんが走って行ったの、八号室じゃないですか？」

「そうねえ、きっと緊急事態発生なのね」

何かとても大変なこと、つまり誰かが危篤になっているのは私にも想像がついた。ここは病院なのだから、私のように抜糸するだけで大騒ぎしている呑気《のんき》な病人ばかりではないのは当り前だ。生死の境をさ迷っている人もいるはずだ。しかし、それを考えると、どうも気が滅入《めい》る。
四、五十分もした頃、また廊下でドヤドヤと人の足音がした。
なんとなく、「死んだな」と直感した。多分、病人は亡くなったのだ。それで、さっき駆けつけた人たちがもどっていくのだろう。

別に理由はないのだが、そんな気がした。

私はそのときまで、ことさら人間の生死について真剣に考えることなく日々を過ごしてきた。とりあえず自分は健康で、入院したのも今回が初めてだった。両親も夫も兄弟もいたって元気だ。友人たちも病気で苦しんでいる人はいない。だから「死」というものを間近に見る機会もなかったし、考えたこともなかった。

だが、なぜかこのときだけは、なんともいえない空しさに襲われた。人間は死ぬときは死ぬのだ。自分の病室のほんのちょっと先で、今日、ついさっきその生を閉じた人がいる。そんなにも「死」というのは、すぐ近くに厳然と存在するものなんだ。

珍しくあれこれ考え込んでいるうちに、夕方になり看護師さんが熱を測りに巡回して来た。

「あのう、八号室の方、お亡くなりになったんですか？」

余計なことだと思ったが、気に掛かって訊かずにはいられなかった。

「えっ？　ええ、まあ、そうですねえ」

看護師さんはどこか曖昧《あいまい》な笑みを浮かべた。他の患者さんについては喋《しゃべ》りたくないのだろう。あるいは喋るのを禁じられているのかもしれない。

私もそれ以上、しつこく話をするのを控えた。野次馬的な興味だと思われたくなかったし、といって看護師さんに今の索漠とした気分を語っても仕方がない。

午後五時になったので、私はハナさんに今日はもう帰ってくれても大丈夫だからといった。夫が会社の帰りに寄るはずだし、もう一人でお茶を淹《い》れられるくらいには回復していた。

帰り仕度をしながらハナさんがさかんに首をかしげる。

「いつもねえ、そうなんですよ。どうして病院って人死にが出るときは廊下にいっぱい人間が立つんでしょう」

「いつもって？」

「前に私が入院してたときもそうだったんですよ。誰か死ぬ日っていうと、なぜか朝からいっぱい人がいるんです。でも先生や看護師さんにはそれが見えないんですよ」

「ふーん、そう」

私は今朝からの廊下の光景がフラッシュバックのように脳裏に蘇《よみがえ》った。そういえば、あの人たちは無言でじっと立っていた。まるで、誰かを迎えに来て待っているように……。

その男の顔

小さい頃の私は、ほんとうに可愛げのない少女だった。まず、顔が不細工だったし、性格も薄ぼんやりしていて、ひどく気がきかなかった。母は私のことを、よく「情け無い子でしてねえ」と他人様《ひとさま》に話していた。つまり何かが足りない子供だったのだ。

両親が別居したのは、私が小学校へ上がる年だった。昭和三十一年である。それまで住んでいた新宿の家から、原宿へと引っ越した。当時の原宿はとても淋《さび》しいところで、表参道には水銀灯がぽつぽつと灯っていた。

間もなく、父は茅ヶ崎へと引っ越した。私がこれから書こうとしているのは、その茅ヶ崎の家での出来事である。

再婚した父は新しい奥さんとの間に二人の子供がいた。二人ともまだ赤ん坊だった。父の家は八百坪の芝生の庭の中にある瀟洒《しょうしゃ》な洋館だった。新潟出身の田舎者の父には、まったくふさわしくなかった。昭和三十年代だというのに、トイレはすでに腰掛ける洋式だったし、お風呂《ふろ》はタイルで、シャワーもついていた。暖房はセントラル・ヒーティングで、地下にボイラー室があった。

二階には広いベランダがあり、そこから見る湘南《しょうなん》の海はキラキラと輝いて美しく、晴れた日は富士山が望めた。

夏休みになると、私と姉は父の家に預けられた。二週間ほども滞在しただろうか。仕事が忙しい父は朝早く出掛け、夜遅くならないと帰らなかった。だから、私と姉は、もっぱら昼間は父の後妻さんと、その子供たち、そして数人のお手伝いさんたちと過ごすことになった。

いや、それだけではなく、父の母親、つまり私にとっては祖母にあたるセツもその家にはいた。

私はセツが苦手だった。そもそも、母が父と離婚したのも、セツとの折り合いが悪かったからだった。セツはいつもずるそうな目付きで、こちらの行動を監視していた。私の姉は優等生で利口な少女だったので、静かにサンルームで宿題などをしていたが、私はゴキブリのようにちょろちょろと家の中を這《は》い回っていた。

それがセツの癇《かん》に障ったのだろう。

「ミヨコ、この家はな、ほんとならお前なんかがいられるようなところじゃないんだぞ」

と乱暴な男言葉ですごんだりした。そのくせ、父の前では「ミヨコちゃん、可愛いねえ、こっちにいらっしゃいな」などと猫撫《ねこな》で声を出した。その豹変《ひょうへん》ぶりは見事というしかなかったが、私はセツを蛇蝎《だかつ》の如く嫌っていた。

あるとき、セツが鼻をうごめかして、お客さんにいっているのを聞いた。

「この家を買ったときに、土地は別にして、家の値段はたったの三百万円だったんですよ。まあタダみたいなもんじゃありませんか」

みんなが「こんな豪邸が三百万ですか」と驚いた顔をしてみせたが、私は内心、「ふん、この家はお婆ちゃまが買ったんじゃなくて、パパが買ったんじゃない。それをさも偉そうにいって、嫌な感じ」と思っていた。

父が親の財産で茅ヶ崎の家を買ったのではないことを、私は知っていた。中学を卒業すると裸一貫で上京した父は早稲田大学に通いながら、アルバイトにも精を出して、自力で卒業し、編集者になった。そして戦後すぐにスポーツ専門の出版社を興《おこ》した。そこで発行した野球の雑誌が大当りをして、広大な屋敷を構えるまでになった。セツは足手まといではあっても、父を助けたことなどなかった。

しかし、そんな私の胸中にはおかまいなく、セツは自慢話を続けていた。

「なんですか、この頃はうちの前を観光バスが通るときにガイドが、こちらはクロイツァーという有名な音楽家が建てたお屋敷でピストン堀口も住んでいましたって、わざわざ指差して説明するんだそうですよ」

「まあ、すごいですねえ」とお客は感心していたが、そんな話、どこまで本当かわからないと私は思った。見栄っ張りのセツの作り話に聞こえた。

第一、私はクロイツァーもピストン堀口も、どんな人だか知らなかった。ただ、セツがみんなに、自分の住んでいる家は観光バスのガイドが説明するような有名な建築物だと自慢したいだけだろうと思っていた。

たしかに父の家には青々とした芝生の庭が広がっていたが、初めて訪れたときに、その庭に駆け出していって、セツに怒鳴られた。

「芝生が傷むから、ここで遊ぶんじゃない」と意地悪そうな顔で私を睨《にら》みつけた。それなら庭になんか入るものかと思って、私はもっぱら屋敷の裏手にある古い厩舎《きゅうしゃ》で遊んでいた。昔は馬が飼われていたのだろうが、父の代になってからは乗馬をする人もなく、厩舎はがらんとして静かだった。蠟石《ろうせき》で絵を描いたり、縄跳びをしたりして、一人で遊んでいた。

父の後妻さんとは、どうも親しくはなれなかったし、お手伝いさんたちも、一定の距離を保ってこちらに接していた。セツからはいつでも、父がいないところでは邪険にされた。

だから、夏休みに父の家にいるのが楽しいかと聞かれれば、けして楽しくはなかった。ただ、両親の間で普段は母と暮らしている娘たちを、学校が休暇のときは茅ヶ崎へ送るという取り決めのようなものがあったらしくて、夏休みの滞在は年中行事のようになっていたのだ。

父はさすがに、実の親だから可愛がってくれたが、所詮《しょせん》は男親なので、一緒に遊ぶこともなかったし、せいぜい気が向いたときに海辺に散歩に連れて行ってくれるくらいだった。

意地悪なセツが死んだのは、私が高校一年生の夏だった。自宅で眠るように亡くなった。私は葬儀には参列したが、涙も出なかった。むしろ、これで、もうセツの顔を見ないですむと思うと嬉《うれ》しかった。それほど、私はセツが嫌いだったし、向こうも私を憎んでいた。

セツが亡くなった年の夏休みに、私は初めて父の家の庭をゆっくりと時間をかけて歩いた。もう目を光らせて厭味《いやみ》をいうセツがいないので、安心して歩き回れた。

庭のあちこちには松の木が植えられていた。その植木の手入れだけでも、月に十万円もかかるのだと、かつてセツがいっていたのを思い出した。当時の十万円はたしかに大金だったが、なににつけても、自分の息子が成功して裕福になったのを、お金の額で自慢しようとするセツの心根の卑しさが、あらためて下品に感じられ、嫌悪感は募った。

ぐるりと庭を一周すると、私はサンルームのすぐ近くに戻って来た。そこには池があった。

なぜかその場所だけは薄暗くて、明るい芝生の庭とは、まさに対照的だった。第一、建物も庭も洋風なのに、この池だけが和風なのだ。周りに石が配置され、木が繁っている。家の蔭《かげ》になるのか、ほとんど陽も差さない。

暗い陰気な場所だなあと思いながら、私は池の縁にしゃがみこんだ。

そういえば以前、この池で鯉を飼おうとしたのだが、なぜか次々と死んでしまったとお手伝いさんのひとりがいっていたのを思い出した。なかなか素人が鯉を育てるのは難しいのかもしれない。ぼんやり、そんなことを思いながら水面を眺めていたら、ふわっと男の人の顔が浮かんだ。

思わず「きゃっ」といって立ち上がって、もう一度、よく見たら、それは池の縁の石が水面に映っているだけだった。その石の形がちょうど人間の顔のように見えるのだ。

私は子供の頃から、いろいろなものが人間の顔に見えることがよくあった。

たとえば、天井の染みとか、ガラス窓の汚れとかが、どうしても顔に見えるのだ。それも男とか女とか若いとか年寄りとかまで、はっきりとわかる。

原宿の家の台所には磨硝子《すりガラス》の戸があった。その片隅に女の人の横顔に見える染みがあった。油でも飛んでできたのだろうか。それが外国人で中年の白人女性であることまで、私にはわかった。いや、勝手に自分でそう決め付けていた。まだ私が七歳くらいのときのことだ。

その横顔とそっくりの女性に、私は成人してから、カナダで出逢《であ》った。この人は、どこかで見たことがあると思って、しばらく考えていたら、ああ、あの磨硝子の染みだと気づいたのだ。しかし、こんな話は誰にいっても信じてもらえないだろうし、第一、何の意味もないと思い黙っていた。

それから間もなく、その女性は脳溢血《のういっけつ》で倒れて、半身不随の生活を十年ほど送ってから亡くなった。

だからといって私は深く考え込むこともなかった。そこが私の鈍感なところなのだが、自分が何かの拍子で目にしてしまう「人間の顔」について、特別に分類してみようとは思わなかった。

実はこの原稿を書き始めるまで、ときどき見た顔については忘れていた。ただ、父の家の池に浮かんだ男の顔は、ひどく鮮明だったので、常に気になっていただけだ。

そう、あれは石のようにごつごつした顔だった。石が水面に映ってそう見えるのだから、当り前だが、それにしても特徴のある顔だった。

その男はまだ若い人のようだった。むっとした不機嫌な表情をしていた。

私は、しばらく池の縁に立って、その顔を見ていた。なんだかおかしかった。石が人間の顔に見えるのが、新しい発見にも思えた。それで、古くからいるお手伝いの正《まさ》子《こ》さんを呼びに行った。

「ねえねえ、見て。変な石があって人間の顔みたいなの。石だけ見るとそうじゃないんだけど、水に映ると男の人の顔になるのよ」

そういって、正子さんを引っ張って来た。忙しい正子さんは、ちょっと迷惑そうだったが、私があんまり一生懸命に頼むので、気乗りしないままついてきた。

「ほら、あそこ」と指差すと、正子さんはじっと水面を見つめた。

「見えませんね。ただの石が映っているだけじゃないの」と無愛想に答えた。

「だからあ、その石が顔みたいでしょ」

「顔じゃないですよ。石ですよ。丸い石はわかるけど、顔なんてどこにあるんですか。全然そんなふうには見えませんよ」

ちょっと怒ったようにいうと、正子さんはさっさと台所に戻ってしまった。

きっと、正子さんが眺めた角度が悪かったのだろうと、私は彼女が立っていた場所に自分も立ってみた。

やはり、はっきりと、その男の顔は浮かんでいる。濁った池の表面にごつごつとした短髪の男が目をつぶっているのが見える。

こんなに人間の顔に似た石があるのを、正子さんがまったく面白がってくれないどころか、見えないといい切ったのが、私には不思議だった。

もちろん、今になれば、私だってわかる。人間には個人差というものがあって、ある人に見えるものが、ある人には見えないケースがいくらでも存在する。

それは霊感なんていう難しい問題じゃなくって、個人の感受性の違いだろう。幼い頃から、壁の汚れも人間の顔に見えてしまう私は、少し現実離れした感覚を持つ少女だったのかもしれない。

私は自分の発見が面白くて、それから何度も一人で池のところまで足を運んだ。ただ、そこに長時間いるのは不可能だった。なんとも陰気臭い場所で、じっとりと冷気がまつわりつくような感じがするからだった。

その池との別れは思いがけなく早くやって来た。

あれは、私が高校三年生の一学期のときだった。父の経営する出版社が倒産したのである。まさに思いがけない事態となった。

父の会社の倒産は新聞にも大きく報じられた。母は終日浮かない顔をしていた。父が生きている限り、私たちは普通の生活が維持できるものだと頭から決めてかかっていたので、この変化はショックだった。

当然ながら茅ヶ崎の家は売りに出された。しかし買い手が決まるまでに、しばらくの日数がかかった。

もういよいよ来月は茅ヶ崎を引き払うというときに、私は父の家を訪れた。何の用事があったのかは、今では忘れてしまった。

父の後妻さんも、さすがにやつれて見えた。

「こうなったら、もう筍生活《たけのこせいかつ》よ。知ってるミヨコちゃん、戦後にね、物を売りながら暮らしたのを筍生活っていったのよ」

「へえ、でも売るものがあるんだからいいじゃないですか」と私は答えた。

実際、私の家には売るほど高価なものは何もなかった。父からの仕送りが途絶えたため、子供部屋はすべて貸して、下宿人を三人も置いた。その上、母はナイトクラブのクローク係として働いていた。

それまでお勤めもしたことのない母は環境の激変に戸惑ってはいたが、もともとが明るい人だったので、「パパは必ず、もう一度成功するから大丈夫よ」と子供たちを勇気づけていた。

茅ヶ崎の家で、私はお手伝いさんたちに最後のお別れの言葉をかけた。

もうこれからはお手伝いも運転手も使えなくなる。父たちは後妻さんの実家に住むことになっていた。

「お世話になりました」と私は正子さんに頭を下げると、「こちらこそ、十年もご厄介になりました」と正子さんは涙ぐんだ。

「ミヨコさんねえ、あの池なんですよ。あの池に祟《たた》りがあるそうですよ。この家を買った人は代々みんな仕事に失敗して出ていくそうです。あの池に悪い霊がいるっていう話ですよ。だからお祓《はら》いでもしておけばよかったんですがねえ」

正子さんは声をひそめるようにしていった。私はなんとなく納得していた。あの池の周囲には不思議な妖気《ようき》が立ちこめていた。といって浅い池だから、誰かが溺死《できし》したとは思えない。

「まあ、今さらいっても仕方がないじゃないですか。またいいこともありますよ」

私はつとめて明るく笑って正子さんの肩を叩《たた》いた。

「そうですね。それに今度、ここを買った会社は土地を小さく分けて建売住宅を何軒も建てるそうですよ。だから、この家も取り壊されるし、池もなくなりますからねえ」

気を取り直したように正子さんがいった。私はこの美しいジョージア様式の洋館が取り壊されると聞いて、なんとも残念だった。誰かお金持ちがそっくり買い取って、古い洋館を維持してくれればいいのにと思ったが、もうそんな物好きな人はいなかったのだ。

思えば、あの夏の日に父の家と別れを告げてから、今年ではや四十年の月日が経過したことになる。

父は倒産した出版社を見事に再興し、五年前に九十歳の長寿を全うした。晩年はもう豪壮な邸宅に住もうとは考えず、いたってこぢんまりした普通の日本家屋に住んでいた。

私も長い年月の間に茅ヶ崎の家のことは忘れてしまった。あの家を購入したときの父がまだ四十代の若さだったと思うと、たしかに偉いとは感じるが、彼が豪邸に住めたのは、たった十年ほどだった。短いといえば短い時間だ。

記憶の彼方《かなた》に押しやられていた茅ヶ崎の家が、突然、私の脳裏に生き生きと蘇《よみがえ》ったのは、つい最近のことである。

ある新聞が往年の天才ボクサーであるピストン堀口の特集記事を載せていたのだ。その記事に添えられているピストン堀口の写真を見て、私は思わず手にした新聞を落としそうになった。

「この顔を私は知っている。そうそう、そうだ。あのときの顔だ。昔、パパの茅ヶ崎の家の池に映っていた男の人の顔じゃないか。間違いなく、あのときの顔だ。ひえー、あれはピストン堀口の顔だったのか」

そう思った途端に、はっとした。かつてセツがピストン堀口がこの家に住んでいたと観光バスのガイドがいうのだと、自慢していたことがあった。

だとすると、ピストン堀口はあの洋館にいたのだろうか。

真相がわかる術《すべ》もないのだが、ピストン堀口はたしかに茅ヶ崎に住んでいた。そして昭和二十五年十月二十四日の未明に東海道線の線路上で鳥羽行急行にはねられて死んだ。

なぜ、そんな時刻に堀口が鉄道の線路上を歩いていたかは、今でも謎なのだと、その新聞記事は伝えていた。

もう少し詳しい真相を知りたくて、私は堀口の伝記『ピストン堀口の風景』（山本茂著）を古本屋さんから入手した。発行は昭和六十三年なので、今から二十年近く昔に出た本だ。

この本によると堀口は大正三年の生まれで、昭和七年に十七歳でアマチュア選手としてデビューした。それから三十六歳で亡くなるまで数々の名試合でファンを魅了した。特に四十七連勝の記録は歴史に残るものだった。

堀口の生涯を詳細に綴《つづ》ったこの伝記には、口絵がついていて、何枚かの写真が載っている。その写真をじっと私は見つめた。

若い頃の写真はそうでもないが、晩年の顔は間違いなく、私が茅ヶ崎の池の水面で見たのと同じだった。

伝記によると、堀口は茅ヶ崎で下りる予定だったのを、寝過ごして平塚まで行ってしまった。終電車なので、仕方がなくレールの上を歩いて自宅に帰ろうとした。そこで、列車にはねられた可能性が高いという。

ただし轢《ひ》かれたのではない。では、なぜ向かってくる列車から逃げなかったのか。疑問が残るところだが、実際に事故の瞬間を見た人はいないので、真相は現在も不明だ。

今ではピストン堀口の名前を知る人も少なくなった。彼の母親は、生前に「息子は全部で四億円は稼いだ」と語ったそうだ。

昭和初期の四億円は莫大《ばくだい》な金だ。それほど堀口が花形ボクサーだったということだろう。

いったいなぜ、堀口の顔があの池に浮かんでいたのか、私には、さっぱりわからない。そもそも、彼があの家に住んだという証拠もない。

ただ、私は間違いなく彼の顔を見た。あの陰気などんよりとした水面で。それだけは確かなことだった。

『ピストン堀口の風景』山本茂　ベースボール・マガジン社
カバーの写真は、昭和十二年十二月撮影と記されており、ピストン堀口が二十三歳の時のものということになる。本書の口絵は四ページあり、幼少時から戦後に撮影されたものまで、ピストン堀口の写真を九枚収めている。

通じる思い

以前から、自分でも困っていることが、ひとつある。あんまり、それについては考えたくない。しかし、事実には違いない。

どうも私は、死期が近い人に会うと、その人の顔を見ただけで、それがわかってしまうようなのだ。もちろん、偶然という場合もある。だが、必ずしも、そうとはいい切れないケースが多々あるので悩んでいる。

あれは、まだ私が二十代の頃だった。当時、私はカナダに住んでいた。日本に里帰りしたときに、古い友人に会った。彼女は、私のいるバンクーバーに遊びに行きたいのだけど、といって、詳細な日程を示してくれた。たしか、私たちが会ったのは七月で、彼女は十月にカナダ旅行を計画していた。

もちろん、大歓迎だと、私は答えた。だが、ふと妙な予感がした。なんとも表現が難しいのだが、おそらく、友人はカナダには来られないような気がした。十月には、彼女はもうこの世の人ではないのではないか。そんな確信めいた思いが私の頭をよぎった。

目の前の彼女は健康そのものだった。それにもかかわらず、私は相手の顔に死の影を見たような気がした。一ヶ月後に、その友人が交通事故で亡くなったしらせの手紙が、別の友人からカナダに届いた。ああ、やっぱりと私は思った。そして、もしかしたら、自分は変な勘のようなものを持っているのだろうかと気になった。だが、それについて深く考えるのはやめにした。考えても仕方がない。というか、そのために、自分が強い罪意識を感じるようになるのを私は恐れた。だが、この出来事以来、似たような場面に何度も遭遇した。

つい二年ほど前にも、ある出版社の編集者と二人で新潟へ取材に出かけた。新幹線に隣合わせで座って、彼がコンコンと軽い咳《せき》をした。その音を聞いた途端に「死」という文字が私の頭に浮かんだ。

思わずその人に話しかけた。

「ねえ、Aさん、この旅行が終わって東京へ帰ったら、必ず病院へ行ってくださいませんか？」

「えっ、ボクが？　どうして？」

怪訝《けげん》そうな顔で聞き返す。「いえ、何か、お身体の調子悪くないですか？」

「全然。だってボクは小学生の頃から風邪も引いたことないし、絶好調だよ」

「そう。でも、お願いです。病院、それも大きな病院へ行ってください。そして精密検査を受けてください」

私がここまで踏み込んでAさんにいえたのは、彼が長い知り合いで、すでに私の本を何冊も出してくれていたからである。つまり遠慮のない間柄だった。それだけに、私はAさんの周辺に漂う、異様な気配を感じて背筋がぞっとした。

「うん、そういえば、このところちょっと咳が出るから、じゃあ、たまには病院へ行ってみるか」

Aさんは軽い調子で約束してくれた。私は旅行の間中、なんとも浮かない気分だった。もう二十年近く知っているAさんと、永遠に会えなくなる日が、近い将来に確実にやってくると予感していたからである。

その後の経緯について、ここで詳しく書くのは控えるが、とにかく私との約束通りAさんは東京に帰って、病院へ行った。そして、もう手遅れの末期がんであることを医師に宣告された。

どこも調子の悪いところがない、つまり自覚症状のなかったAさんは、医師の言葉に納得できず、もう一軒のさらに大きい病院で診察を受けた。そこでも結果は同じだった。

私と新潟へ一緒に行ったときから、わずか三ヶ月後には、彼は帰らぬ人となったのだった。誰もが信じられないといった。まだ五十八歳の若さだった。私だって信じたくなかった。悲しかった。だが、思えば自分は何度、こんなことを繰り返してきたのだろうか。それは他人にいわせれば予知能力というものかもしれない。でも、友人や知人の死なんて、予知できないほうが幸せだろう。

なんで今ごろになってしみじみと私がそう思うかというと、それには理由がある。つい最近、私は親友であり、家族でもあったC子さんとの別れを経験した。その過程があまりにも辛《つら》かったからなのだ。

あれはもう四年くらい前だったと思う。私は、なんとなくC子さんの顔を見ているうちに、自分で意識しないままある言葉を口走った。

「ねえ、C子さん、あなた生命保険に入っている？　あたしもつい先月入ったんだけど、やっぱり入っておいたほうがいいかも」

「ああ、そうねえ、若いつもりでも、あたしたちも、もう五十歳を過ぎているんだから、本当に入っておいたほうがいいわね」

彼女は素直にうなずいた。実は、その少し前に家を新築した。自分にもしものことがあったら、夫が困るだろうと思って生命保険に加入したのは事実だった。しかし、それをC子さんに勧めるつもりなど毛頭なかった。それなのに、言葉だけ先に出て来た。不思議だった。ただC子さんとは、そんな会話を普通に交わせる仲であるのも事実だった。

　彼女は実は、バブルの最盛期にレストランをオープンして失敗した。そのために莫《ばく》大《だい》な借金を背負っていた。店が立ち行かなかったのは、彼女が無能だったからではない。いや、その逆にC子さんは、まことに優秀な経営者だった。骨身を惜しまずに働いた。ところが、思いがけない不況の波が日本を襲った。バブルの崩壊をいったいどれだけの日本人が予想できただろうか。

大きなうねりにC子さんのレストランも、あっという間に巻き込まれ、経営に行き詰った。残されたのは、気の遠くなるほどの金額の負債だった。

　それでも彼女は明るく元気に振舞っていた。私はそんな彼女にどれだけ勇気づけられたかしれない。

　彼女はもともとは、私の母が経営するレストランで経理を担当してくれていた人だ。そこから独立して事業を起こしたが失敗した。となると必然的に、また母の店に戻ってくることになった。働きながら少しずつでも借金を返すのだとC子さんはあくまで前向きの姿勢だった。

　母にとってはC子さんが帰って来てくれたのは、大変有難いことだった。娘の私が見ていても、とてもかなわないと思うほど、母と彼女は気が合っていた。いつでも彼女はまるで影のように母にぴたりと寄り添って、実の母娘よりも仲が良かった。それはC子さんが若い頃に両親を亡くしていたためもあったかもしれない。私の母もまた、娘よりはるかにこころ優しいC子さんをとても可愛がった。一緒に海外旅行に行っても、いつもC子さんへのお土産ばかり心配し、何か美味《おい》しいものを食べると「ああ、あの子に食べさせたい」と必ずいった。

彼女は私より一歳年上だったが、私たちは親友であり姉妹であるようなもので、喧《けん》嘩《か》をしたことなど一度もなかった。それはC子さんが落ち着いた性格で、いつもおっちょこちょいの私を庇《かば》っていてくれたからだろう。

さて、彼女に生命保険の加入を勧めた私は、なぜ自分がそんなことをしたのか皆目わからなかった。だが、月並みなおばさんのお節介と思えないわけでもなかった。

C子さんは素直に私の勧めにしたがって、すぐに生命保険に加入した。そのわずか二ヶ月後に、突然胃の不調を訴え、病院へ行った。そこで、進行性の胃がんであることが判明した。

「美代子さんに勧められて、保険に入っておいて本当に良かったです」と、手術の前日、彼女は屈託のない調子でいった。その保険は医療保険も付いていたので、入院費の補助が出るのである。だから助かったと彼女に御礼をいわれて、私は複雑な気持ちだった。

とにかくC子さんの命が救われることばかりを祈った。このとき、私は彼女の顔に死相が現れていないので、きっと大丈夫だろうと密《ひそ》かに信じていた。

胃が全摘され、手術は成功した。執刀した医師が難しい表情で、「この後、五年間の生存率は十五パーセントです」というのを聞いたときは、さすがにゆらりと足元が揺れたような気がした。

がんは手術で取り除いても再発したり転移することがある。だから気を許せない。退院したC子さんは、母と同居することになった。もうとても心配で、彼女に独り暮らしはさせられなかった。

母の住む表参道の家の二階は私の仕事場だった。三階に空いている部屋があったので、そこがC子さんの住処《すみか》となった。

私にとってもC子さんが実家にいてくれるのは、こころ強かった。母も歳を取ってきたので、彼女が傍にいてくれれば安心だった。

すべてはうまくいくように見えた。着々とC子さんは借金を返済していたし、以前にも増して元気良く、母の店を手伝ってくれていた。しかし、私はなんとも表現できない不安を抱えていた。はっきりいって、彼女のがんが再び襲い掛かってくる予感がどうしても頭を去らなかった。

案の定、手術から二年後にがんはC子さんの腹膜に転移した。そこは手術が不能な場所だった。築地《つきじ》のがんセンターで抗がん治療を受けながら、彼女は意外とあっさりと「私はあんまり副作用もないんで楽なんです」などといっていた。

他人に愚痴をこぼしたり、弱音を吐くのがC子さんは嫌いだった。だから、私や母に心配をかけまいと、治療の苦しさも一切口にしなかった。それでも、私はじわじわと感じていた。最悪の日が近いうちに必ず訪れるだろうと。

それは昨年の十一月だった。突然、C子さんが食事もできなくなった。ベッドから起き上がれなくなったのである。母から慌てた声で電話があった。私はすぐに信頼できる医師のいる大学病院に連絡をして、入院の受け入れを頼んだ。ひどい話だが、C子さんが最初に手術をしてもらい、その後も治療を受けていたがんセンターからは入院を断られていたのである。

その日はたまたま日曜日だった。C子さんはどうしても翌日の月曜日に入院をするといって譲らなかった。

「日曜日に入院したら、美代子さんの知り合いの先生にご迷惑を掛けますから、月曜日まで待ちます」と彼女がいったからだと、私は後で母から聞いて、涙がこぼれた。自分の体調がそんなに悪くて、救急車を呼ぼうかという土壇場のときでも、彼女は相手の立場を配慮する。C子さんとはそういう人だった。優しくて我慢強いのだ。

入院したC子さんに対して、もはや医師ができることは、そうたくさんはなかった。がんは大腸にまで広がっていた。点滴で命をつないでいるだけだった。

彼女が亡くなる前日、私は病室へ見舞いに行った。もう時間は残されていないとすぐに察した。悲しいことに、私は今までに、何度も死相を見てきている。兄が亡くなるときもそうだった。必ずわかるのだ。だから今度も、もう駄目だと悟った。胸が締め付けられるというのは、ああいう思いをいうのだと初めて知った。

静かに、C子さんはこの世を去った。私も母も彼女がいなくなってみると、いかに自分たちがC子さんに精神的に頼っていたかをしたたかに思い知らされた。どうしようもない喪失感で暗い澱《よど》んだ気分の日々が続いた。

そんなある日、母がぽつりといった。

「美代子、あんたがC子さんに保険を勧めてくれたでしょ。あのお陰で、彼女の借金はすべて返済できたんだよ。他人《ひと》に迷惑を最後まで掛けなかったわけで、いかにもあの子らしいと思ってねえ」

そういわれて私はあらためて彼女の借金の保証人が私の母だったことに気づいた。もちろん、保険を勧めた時点では、そんな事態は夢にも考えていなかった。だが、結果としては母とC子さんと、両方にとってせめてもの救いとなった。

今年八十四歳になる母は、C子さんを亡くしたショックから立ち直るのが難しいようだった。母自身も昨年は大腸がんの手術を受け人工肛門《こうもん》になった身だった。まだ元気だったC子さんが献身的に母の面倒を看《み》てくれて、母は一命を取り留めた。ようやく退院して二ヶ月で、C子さんを見送る立場になったのだから、母が落ち込むのも当然だった。

私は毎日、仕事場へ行くと、階下に住む母を慰めて、C子さんの遺骨にお線香をあげた。生前の彼女の希望で、C子さんは母と同じ墓に入る約束になっていた。

私と母は顔を合わせるとC子さんの思い出ばかり話していた。そして必ず、私たちは同じ結論に達した。

「どうしてもC子さんが死んじゃったなんて、信じられない。いやだ。認めたくない。きっと、まだ霊はこの家にいるはずだわ」

私も母も彼女があの世へ行ってしまったと思いたくないのだ。なんとしても信じたくない。だから、遺骨をお墓に納めたくなかった。せめて遺骨だけでも私たちと一緒にいてほしかった。

そんなある朝、私が仕事場へ行くと母がちょっとちょっとと手招きをする。

「こんな話、絶対に他の人に話しても信じてもらえないだろうけど、昨日不思議なことがあったのよ」

その不思議なことは、夜中に起きた。母は眠っていて確かに左の肩を誰かにぽんぽんと叩《たた》かれて、目が覚めた。その感触ははっきりと記憶しているという。

あら、何だろうと身体を起こしかけたら、人工肛門の袋が外れているのに気がついた。そのままにして眠っていたら、便が袋からあふれ出て大変なことになるところだった。

「あの子がね、教えてくれたんだと思うの。外れているから気をつけてって」

母は真顔だった。母はいつもは霊とかお化けの話は大嫌いで、そんなものの存在をまったく信じていなかった。しかし、今回ばかりは珍しく、真顔でC子さんの霊が自分の近くにいて見守ってくれているというのだ。

それからも、母は夜中に何度か、C子さんの手が、優しく自分の肩や胸を叩くのを感じた。

「いると思うの。あの子は絶対に私の傍のこの辺にいて、見守ってくれているのよ」

母の声は確信に満ちていた。

ちょうどその頃からだった。私も奇妙な体験をするようになった。

仕事場で仕事を終えて、帰ろうとすると電話が鳴った。慌てて受話器を取ると、プツンと切れた。変だなと思いながらふと見ると、電話機の横に置いてある電熱ヒーターがつけっぱなしだった。電話が鳴らなかったら、私はそのまま帰っていたところだった。

ああC子さんがしらせてくれたと私は感じた。そして彼女の遺骨の前で手を合わせ、「これからもずっと、私たちを見守ってください」とお祈りした。

それ以後、私はときどき彼女の声を聞く。うとうと眠っているときや、ひたすら原稿を書くため、パソコンを叩いているとき、「コンニチハ」というC子さんの透き通ったような声がして、はっとする。空耳かもしれない。しかし、その話を母にしたら、母もやはりC子さんの気配を感じるというのだ。

彼女は確かに死んで、あちら側の人になった。しかし、だからといって私や母の思いが通じないというわけではないのではないか。私は近ごろ、そんな気がしてきた。

思いは通じるのだ。これだけ私たちが、毎日、C子さんを思い出し、まだ彼女と別れる決心ができずにうろたえているのを、相手もまた感じてくれている。だからC子さんは私や母に幽《かす》かだが、自分はここにいますよ、あなたたちと一緒ですよというサインを送ってくれているのだろう。

「C子さん、私も必ず、あなたのいるところに行くから待っていてね」と、私は今日も彼女の遺骨に話しかけ、線香をあげて手を合わせている。

著者自宅に安置された、C子さんの遺骨と遺影

三島由紀夫の首

もう、あの話を書いてもよいだろうと、この頃になって思い始めた。「いわゆる時効ってやつか」と自分で呟《つぶや》いてみる。しかし、かすかな躊躇《ためら》いも残っている。今、書かなかったら、きっと後悔するだろう。そんな気がする。

あのとき私は二十代の後半だった。まだ物書きを職業とする以前のことである。カナダに住んでいて、当時結婚していた人はバンクーバーの大学で、日本文学を教える日本人だった。彼とは後に離婚した。

はっきりとした日時は憶《おぼ》えていない。日本に里帰りしたときに、前の夫に連れられて何度か鎌倉の川端康成邸を訪ねた。もう川端は亡くなっており、秀子夫人が養女とそのご主人と共に美しい日本家屋に暮らしていた。

あれは、まったく素晴らしいお屋敷だった。純和風の古い建物で、国宝級の美術品がさりげなく床の間や机の上に置かれていた。

やや恐怖を感じるようなぴんと張り詰めた空間で、無駄なものは何一つなかった。川端康成の美意識だけが、簡素に豪華に凝縮されていた。

なぜか川端家をよく知る人は玄関からは入らないといわれていた。みんなお庭のほうにまわって、縁側から声を掛けるのである。「こんにちは」「ごめんください」と何度か呼びかけると、秀子夫人が出て来てくださる。いつも、いつも、そうだった。

和服姿の秀子夫人は、穏やかな話し方の向こう側に凛《りん》とした強さを感じさせる女性で、この強さがなかったら、あの川端康成の妻は務まらなかっただろうと私は思った。

初めて縁側から廊下を通って座敷に案内されたとき、一瞬、ぞくっとする感覚に襲われた。うまく表現するのは難しいが、なにかこう目に見えない人たちが、あちこちに潜んで、じっとこちらを凝視しているような感じがした。白い冷気が私の全身にまとわりついた。

しかし、当然ながら、そんなことを口にはできなかった。私は挨拶《あいさつ》がすむと、ただ黙って、下を向いて座っていた。

ぎこちなくお茶を頂いていた私と秀子夫人の会話の糸口がほぐれたのは、彼女の出身地である東北の町が、たまたま私の祖父の出身地のすぐ近くであったことからだった。

夫人はたちまち笑顔になって、「まあ、そうだったの。あなた今日は家でお食事をしていらっしゃい」といって、お手伝いさんを呼び、近所の料理屋から出前を取るように指示した。

ほんの三十分ほどお邪魔する予定だったのが、思いがけず、夕食をおよばれしてしまったのである。

だからこそ、あんな話までできたのだと、今になると思う。正直なところ、このときに何をご馳走《ちそう》になったのか、よく憶えていない。なにしろ三十年以上の歳月が流れている。

だが、鮮明に記憶している秀子夫人の言葉がいくつかある。

もっともはっきりと思い出すのは、三島由紀夫に関することだった。

いや、その前に夫人は私の顔をつくづくと見て、

「あなた、ときどき不思議な体験をなさるかしら？」と唐突に聞いてきた。

「はい」と私は迷わず答えた。

自分が特に霊感が強いとは思っていなかったが、奇妙な場所や時間に、あの世の人たちと遭遇してしまうことがあった。とはいえ、それは、物理的に証明できるものではないので、誰にも話したりはしなかった。前の夫とも、話題にするのは避けた。

なぜ、秀子夫人がそんな質問をしたのか、私にはすぐに察しがついた。彼女もまた、「不思議な体験」をする人に違いなかった。

「奥様もやはり、あの人たちを見ますか？」私が尋ねると夫人は「ええ」とうなずい

て、しばらく迷っているふうだった。

「ほんとうはね、こんなお話は他の人にしてはいけないのだけれど、実はね、つい最近もあってねえ」

夫人はじっと中空を見ていた。

「そういうことって、わかる人しか、わかってくれませんものね」と私は慰めるようにいった。それは実感だった。うっかり他人に話せば変人か病人扱いされる。まして、当時の夫は大学教授だったので、交友関係は学者が多く、不思議体験についてパーティで喋《しゃべ》るのは、なんとなく憚《はばか》られた。

「主人が亡くなりましたときにね……」

夫人はいいかけて、しばらく考えていた。

川端康成が昭和四十七年に自殺をしたのは周知の事実だ。その四年前にノーベル文学賞を受賞している。

なぜ自殺をしたのかは謎だった。遺書もなかった。そのため、さまざまな研究者や作家が、文豪の死因に関する論考を発表していた。週刊誌に女性関係の憶測が流れた時期もあった。秀子夫人がご主人の死をどう捉《とら》えているのか、私は興味があったが、まさかこちらから尋ねるわけにはいかなかった。それは失礼にあたる。

ところが、彼女は、「うん」と首を縦にふって、何かを吹っ切るような仕種《しぐさ》をしてから、自分でご主人の死について語り始めたのである。

「あのときね、主人はかの子さんのことを書いていましたのよ。書きかけだったんです。原稿が。それを見ましたときにね、私はすぐにわかりましたよ。あっ、かの子さんに連れていかれたって。かの子さんって、そういう方でした。主人はかの子さんが連れていったんです」

「そうでしたか」

私は岡本かの子という女流作家の顔をぼんやりと思い出していた。けして美人とはいえないが華やかな女性だった。夫と若い愛人の両方を同伴して海外旅行に出るような大胆な行動も、かの子なら不自然ではなかった。昭和十四年に亡くなっていて、画家の岡本太郎はひとり息子だ。

かの子に霊感があったかどうかは知らないが、社会の常識をはみ出したところに棲《せい》息《そく》していた芸術家であることは間違いない。

秀子夫人の確固たる口調はご主人の自殺を否定しているようにも私には聞こえた。

自分の夫が妻を置き去りにして、勝手に自殺をしたら、どんなに妻は悩むだろう。なぜ引き留められなかったのか、理由はなんだったのかと考え続けるに違いない。秀子夫人はその回答を岡本かの子にみつけたように私には思えた。

その私の思いは、きっと私の顔に表れたのだろう。私はもともといたって単純な人間で感情がすぐに顔に出るタイプだ。自分の腹の内を隠してとぼけるという芸当ができない。

秀子夫人は寂しそうな笑顔を見せて、口を開いた。

「主人もね、勘は鋭かったんです。かの子さんも特別だったから、これは仕方がないのですね」

「ああ、そういう人同士だったんですね」

別に川端康成と岡本かの子がお互いに惹《ひ》かれ合っていたという意味ではない。そうではなくて、おそらく二人とも、あの世とこの世を行ったり来たりする人たちだったのだろう。その意味では通じるところがあった。

「ね、だから、さきほどお話ししかけた、つい最近のことだって、やっぱり主人はわかっていたんですよ」

「かの子さんですか？」

「いいえ、かの子さんじゃなくって三島さんですよ」

「三島由紀夫さん？」

「ええ。あの方はお気の毒でねえ」

私は秀子夫人の話の筋道がどんどん変わるのに、自分がついていけないような気がし始めた。

三島由紀夫も昭和四十五年に割腹自殺をしていた。その死は多くの日本人に衝撃を与えた。外国にいる日本文学の研究者たちも、まだ日本人は「ハラキリ」をする民族なのかと現地の人たちに問われて、返答に窮したという。

三島と川端の親交はよく知られている。私は後に石原慎太郎の『わが人生の時の人々』という本を読んで知ったのだが、三島が市谷の自衛隊総監部を襲って、バルコニーで演説をしてから自殺をしたとき、その直後に遺体を確認したのは川端康成だったそうだ。

いうまでもないことだが、三島は割腹した後、同行していた青年に介錯《かいしゃく》をさせ首を斬り落していた。その首が無慚《むざん》に床に転がっている写真を掲載した新聞や雑誌まであった。

石原慎太郎もテレビのニュースで、これは徒事《ただごと》ならぬ事件だと察して、すぐに市谷に駆けつけた。すると警察の係員に、現場に案内しましょうといわれたが、その寸前に川端康成が現場を見届けていると聞いて、もはや「重ねてこの私が死者を騒がすことはあるまい」と思い、申し出を断った。

私はその事実を、つい最近まで知らなかった。知らないまま、秀子夫人の言葉に耳を傾けていたのである。

もし知っていたら、また違った受け答えができたかもしれない。しかし、あのときの私は、川端と三島の関係がそれほど深いものだとは夢にも思っていなかった。川端は三島の才能を認め、三島もまた川端に私淑していたという程度の認識しかなかった。

秀子夫人は眉根《まゆね》を寄せるようにして三島について語り始めた。

「それがあなた、ついこの間なんですよ。三島さんが訪ねてみえたの。もう、すごくお気の毒で、私はとてもお話できないことなんですけど、とにかく可哀相で、仕方がないから、なんとかしなければいけないと思いましてね、懇意にしているお坊様にお願いしたんですよ。あっこれは誰にもおっしゃらないでね。ほんとうは話してはいけないことなんですから」

「はい、絶対に誰にも喋りません」と私は秀子夫人に約束をした。

同席していた私の前の夫は、何の話だかさっぱりわからないらしく、きょとんとした顔で、私と秀子夫人の会話を聞いていた。

「そのお坊様は、大変なお力のある方で、私はいつも法要などもお願いしているんです。それで、三島さんに関して、とにかく成仏なさっていなくって、とてもお気の毒なお姿だから、お経をあげてくださいと申し上げたんです」

それは秀子夫人が、定期的に亡くなった方を法要する日のことだったらしい。

少なくとも、私が理解したのは、ある高僧に夫人が三島の供養を頼んだということだった。それ以上は夫人の話が漠然としていて、よくわからなかった。

ただ、気になったのは、三島由紀夫が「お気の毒な」姿であったと夫人が繰り返し形容した点だった。

いったい何がそんなにお気の毒なのだろうと私は疑問だった。口に出して質問したかったが、年長者に対してそれはできなかった。無言のままうなずいて、夫人に目で話の続きをうながした。

「そうしましたらね、あんなこと私も初めて見たんですけれど、お経をあげ始めたお坊様がうっと後ろにのけぞったんです。まるで、何かに突き飛ばされたみたいに。心配になって、お声を掛けようかと思っておりましたら、さすがにご立派でした。すぐに身体を立て直して、ずっと最後まで読経《どきょう》を続けてくださいました」

「そうでしたか。三島さんが、お坊様のお経を拒否なさったんでしょうか？」

「違うと思いますね」

夫人はきっぱりとした声で断言した。

「法要が終わった後で、そのお坊様が私を部屋の片隅に呼びましてね、こうおっしゃったんです。とにかく、この方にはとんでもないものが憑《つ》いています。ですから、私にできたことは、お首をおすえしたことだけです。お首だけは元通りにしておきました。しかし、もうそれ以上はできません。

この霊はさわってはいけないものが憑いていますって、そうおっしゃったんです。私は何もしてあげられないんですけど、主人も三島さんのお首のことは気にしておりました。これでとにかく、お首はついたわけですから、もうそこまでですね」

「ああ、そういうことだったんですか。三島さんに憑いている何かがお坊様のお経と衝突して、それでお坊様が後ろに倒れそうになられたんですね。相当な勢いだったんでしょう」

私の感想を引き取って、夫人はそのお坊様がいかにたびたび除霊をしてきたかを語ってくれた。僧侶《そうりょ》の実名も具体的な除霊の例も今では忘れてしまった。ただ、秀子夫人がその高僧を非常に信頼していることだけは、はっきりと伝わってきた。

あの当時は、まだ三島由紀夫の未亡人も健在だった。夫人にしてみれば、遺族を傷つけたくないという配慮があったのだろう。しかし、それ以上に夫人はどこか怯《おび》えているように見えた。多分、私には話せないけれど、僧侶から説明を受けた三島の姿はひどく凄惨《せいさん》なものだったのだろう。とても口にはできないほど。

前出の石原慎太郎の著書にもどると、三島の死について、石原は次のような感慨を披露している。その日の夕方「ある新聞の一面には薄暗い室内の床に転がる血みどろの三島さんの首までが写っていた。」と書いた後で、文章は続く。

「その段になって私は、あの時警察の係官に促されるまま、亡くなった三島さんの遺体のある部屋に入っていかずに良かったとつくづく思った。自分がもしあの時あの部屋に入っていって、割腹し首をはねさせた三島由紀夫をじかに目にしていたなら、自分でも想像出来ぬ大きなショックを受けていたろうと思う。それがあるいは私にその後何をもたらしたかを思うだに恐ろしい。

何の根拠もない想像だが、あれから間もない川端さんの自殺も、氏があの時目にしたものの印象、というより目にしたものそのものと何らかの関わりがあるのではないかという気さえする。」

石原がこの本を出版したのは今から八年ほど前である。だから、当時の私が石原の思いなど知る術《すべ》もないのだが、どこかで奇妙に秀子夫人の言葉と共鳴する記述だ。

おそらく、川端は自決したばかりの三島の遺体を視認した衝撃を夫人に話したに違いない。夫婦なのだから、真っ先に報告しただろう。それは秀子夫人の脳裏にくっきりと刻まれた。

そのわずか二年後に川端は自殺した。はたして三島の死が影響していたのかどうか、私には判断がつかない。だが、秀子夫人にしてみれば、三島の尋常ではない死に続いて、ご主人までも自ら命を絶った。そこに目に見えぬ連鎖を感じた可能性はある。

自殺する少し前に川端は普通の顔で「さっき三島君が来てね」などといって周囲の人を驚かせたという。だとすれば夫人にとっても三島はあたかもまだ生きている人のように、川端邸を訪問する存在だったのかもしれない。

私が初めて、川端家の客間とおぼしき広い和室に通されたとき、誰かが静かに部屋の片隅に座っている気配を汲《く》み取ったのも当然といえば当然だったのだろう。

ふいに私は秀子夫人が最後までいいよどんで、とうとう口にしなかったのは、おそらく三島の首から流れた夥《おびただ》しい血のことではなかったかと思い当たった。

なんの確証もないのだが、私のある経験がそれを思い起こさせた。

いつの頃だったか、シアトルにある骨董屋《こっとうや》で日本の古い甲冑《かっちゅう》をみつけて、すっかり気に入ってしまった。まだ一ドルが三百円くらいしていた時代である。ずいぶん高いと思ったが入手した。正確な値段は憶《おぼ》えていない。とにかく、その甲冑は日本の名古屋地方で、土中から発見されたとのことだった。それを終戦直後にアメリカ人が日本で購入して持ち帰った。その持ち主が亡くなったために売りに出されたらしい。

黒と濃紺のいたって渋い色彩で、あまりアメリカ人好みには見えなかった。

さて、自宅のあるバンクーバーに甲冑を持ち帰って、さっそくリビングに飾ったら、どうも夜中に甲冑が動くのである。朝になると向きが変わっている。正面を向いて座らせておいても、四、五センチほど右を向いてしまう。困ったものだと思って、しげしげとその甲冑を見てみたら、胴の部分に血痕《けっこん》があった。ああ、飾りではなくて実際の合戦に使用された品物なのだとわかった。

ただ、動くだけで、それ以上の悪さはしないので、朝になると元の位置に戻して、そのまま飾っておいた。おそらく甲冑が自分で動くのと、もう茶色くなっている血《ち》飛沫《しぶき》の痕《あと》とは、きっと因果関係があるのだろうと想像していた。

私は自宅にある甲冑が動くことを秀子夫人に話した。ひとわたり三島の供養の話が終わってからだった。

「あら、それはちょっとなんとかしなければね。そうだ、あなた、これを差し上げるから、今度、あの人たちがやって来たら、これを読み上げて、どうか私には何もできませんからお引取りくださいって、きちんとおっしゃったらいいのよ」

そういって夫人は青い表紙の般若心経《はんにゃしんぎょう》を私に差し出した。

有難うございますとお礼をいって、私は受け取った。なにかとても尊い気持ちがこもっているように思われた。

あれから長い長い歳月が流れ、秀子夫人も鬼籍に入られ、私の前の夫も他界した。今では、私ばかりが生き残り、あのときの般若心経はまだ手元にある。

実のところ、私は一度もこのお経を読み上げたことがない。甲冑が気ままに動きたいのなら動かせてあげたいと思い、それを封じるのは止めた。何が起きても、あの世の人たちにはあの世の理由があろうと考えて、追い払わないことにしている。

つまり彼らと、うまく共存したいのである。

だが、今年の三月に還暦を迎えて、もう自分の余生もそれほど長くはないような予感がした。この世に別れを告げるのならば、秀子夫人から聞いた川端や三島の死にまつわるエピソードを、書きとめておく必要があるのかもしれないと思った。

三島の未亡人もすでに亡くなり、昭和という時代はゆるやかに遠ざかりつつある。

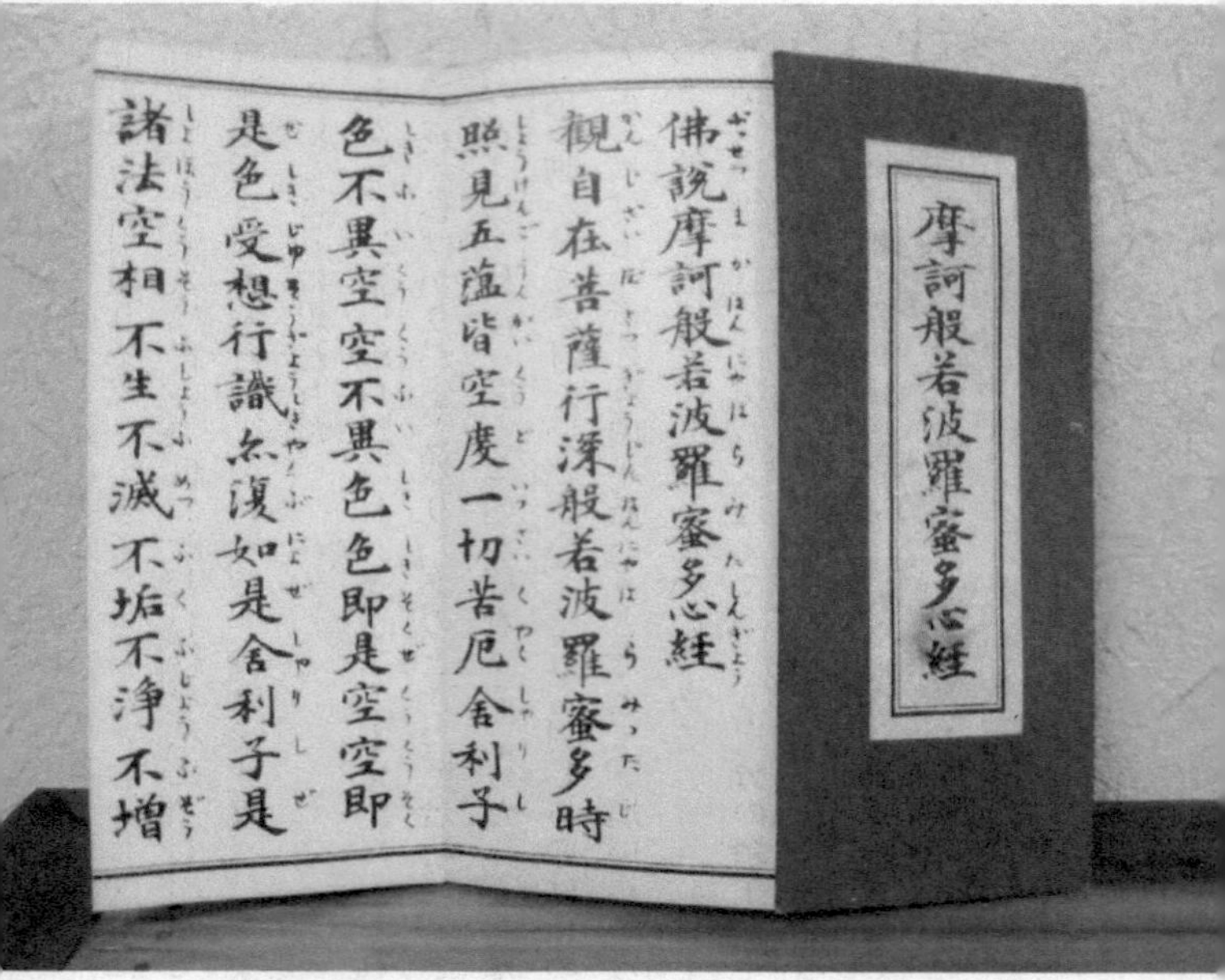
摩訶般若波羅蜜多心経
佛説摩訶般若波羅蜜多心経
観自在菩薩行深般若波羅蜜多時
照見五蘊皆空度一切苦厄舎利子
色不異空空不異色色即是空空即
是色受想行識亦復如是舎利子是
諸法空相不生不滅不垢不浄不増

秀子夫人（川端康成の妻）から贈られた般若心経

知らない住人

場所ということについて、ときどき考える。といっても深刻な問題ではない。ただ夜になって、ベッドに入っても眠れないときなどに、ふと過去の出来事を思い出し、それを場所と結びつけて考えてみるだけだ。

たとえば、旅先でホテルに泊る。その部屋に一歩足を踏み入れた瞬間に、誰か自分以外の知らない人がいるような気配を感じることがある。だからといって、私は特別な霊感があるわけではない。これは今までに何度も書いてきたのだが、私はむしろ鈍感である。霊などというものがこの世にあるのかどうかもわからないし、ぼんやりと不思議な現象を見過ごしてしまった例は数えきれないほどたくさんある。

ただ、ホテルや旅館に泊るときは、まず、最初に部屋に入ったら、誰かがその場所に住みついているかどうかを確かめるのが癖になってしまった。

その理由はかつて苦い経験があるからだ。

あれはもう三十年近く昔のことだ。まだカナダに住んで主婦業を真面目にやっていた時分の話である。

日本から母が遊びに来て、二人でカナダ横断鉄道に乗ってバンフまで行った。ちょうど観光シーズンだったために有名なスプリングス・ホテルは満室で取れなくて、町中の三ツ星くらいのホテルに宿を決めた。そのバンフのホテルの部屋のドアを開けた途端に、何かむうっとした空気が立ち込めていて、すごい息苦しさを感じた。心臓もどきどきした。すると一緒にいた母が「ミヨコ、この部屋なんだか変ね。空気が澱《よど》んでいる」といって大急ぎで窓を開けた。

それでも、私は気分が悪かったが、せっかく母が楽しみにして来たカナディアン・ロッキーの旅だったので、何もいわずに我慢した。

こころなしか母も疲れた顔をしているように見えたので、その晩は二人とも早目に就寝した。

翌朝になって、母がベッドから起きると「はあー」と深いため息をついた。「ああ、恐かった。馬に乗った男の人たちにどんどん追いかけられる夢を見てうなされたの」という。

「えっ、あたしも同じ夢を見た。あの白い壁の中から馬に乗った赤銅色《しゃくどういろ》をした男の人たちが追いかけて来たの」

「そうそう、ママもそうだったのよ」

私たちは顔を見合わせて、朝食もそこそこに急いでそのホテルをチェックアウトした。

私の母は、私以上に霊感などは持ち合わせていない人だった。そもそもお化けの存在などは信じていない。はなっから馬鹿にしていた。

しかし、このときばかりは、「あのホテルが建っていた場所には絶対に何かいたのよね」と後から何度も繰り返した。

つまり、そういうことがあったから、およそ人が寝泊りする場所については、それがホテルであれ旅館であれ、あるいは個人の邸宅やマンションであっても、誰か自分以外の知らない住人が、すでに住み着いている可能性を否定できないと思うようになった。

そして、そこに住んでいる人は、明らかに他者が入ってきたときには信号を発する。それが最も顕著に現れるのはホテルだと思う。ホテルの場合は私たちは旅人で、いつも何泊か滞在したらいなくなる。それは、その部屋に居ついてしまっている人にとっては迷惑な存在なのではないだろうか。

私は「人」と書いたが、もしかしたら、それが「霊」というものかもしれない。ただ、私は人と霊をあんまり区別したくない気持ちがある。霊だって昔は生きていた。だから人として敬意を払っても良いはずだというくらいの簡単な理由からではあるが、とにかく人種に対する偏見がないのと同じように、私には霊に対する偏見もない。

それが先方にもわかるのかどうかは不明だが、古いホテルや旅館で、不思議な時間や場所に異様な服装をした人と遭遇する例はよくある。

四年ほど前に泊ったパリのプチホテルはいかにも古色蒼然《こしょくそうぜん》とした古い建物だった。そこの廊下を歩いていたらドアが開けっ放しの一室があった。何の気なしに覗《のぞ》くと、真っ青な顔の老人が荒い息をしながらベッドに横たわっていた。今にも死にそうな重病人であることは、はっきりとわかった。私は大急ぎでフロントへ走った。

「十五号室のお客さんが病気で具合が悪いみたいですよ」と英語で告げた。

「変ねえ、あの部屋は誰も泊っていないはずだけど」といってフロントの女性は私と一緒に十五号室へ向った。

その部屋に行ってみると、誰もいなかった。嘘のように老人の姿は消えていた。しかし、私はそっとベッドを触ってみると、まだぬくもりがあった。

「あなたが見たのはおじいさんだった?」とフロントの女性が聞くのでイエスと答えると「ふん、やっぱりね」といって肩をすくめて彼女はそれ以上は何も語らずにフロントへ戻って行った。私も自分の部屋へ帰った。なんだか妙な気持ちだった。普通の人なら、もう少し、しつこく真実を追求するところかもしれないが、私は呑気《のんき》な性格なので、あれは自分がどこか他の部屋と間違えたのか、何か目の錯覚だったのだろうと考えて、それ以上は悩まなかった。

しかし、最近になって、ちょっと待てよと思うようになった。もしかして、あそこのホテルの十五号室には、かつて苦しい思いをして孤独死をした老人がいたのかもしれない。そんな自分の思いを誰かに知らせたくて、姿を現したのではないかと想像できる。

また、母と一緒に泊ったバンフのホテルにしても、夜中に現れた男たちの集団は、今になって考えるとインディアンの闘士たちの姿だったのではないか。あそこはインディアンと白人の古戦場だったのだろう。

だとしたら、もう少し何か自分が取るべき行動があったのかもしれないが、私にはどうしたら良かったのか今でもわからない。

思うに私のように鈍感な人はさぞや霊をいらいらさせるに違いない。何かメッセージを発信したくて出てくるのに、蚊がとまったほどにも注意を払わずに通り過ぎてしまう。なんとも無神経な奴だと霊は怒っていることだろう。

では、その霊を完全に怒らせたらどうなるのか。実は私には一回だけそうした経験があるのだ。

それは以前住んでいた家での出来事だった。その場所について書くのは控えたい。現在は他の人が住んでいる。その人に迷惑が及ぶと困るからだ。

都内の一軒家とだけ書いておく。私は独りでその家に住んでいた時期があった。このときに寝室に置いてある鏡台に、人影が横切るのを何度か見た。ああ、この場所には誰か先住者がいるんだなと思った。

しかし、まったく恐くはなかった。こころの中で「よろしくね」と挨拶《あいさつ》をして、それ以上は何もしなかった。もちろん友人にも話さなかった。大袈裟《おおげさ》にお祓《はら》いをするとかいうのが私は嫌いなのだ。むしろ仲良く霊と共存できれば、それでけっこうだった。

ただ、自分の知らない人が男なのか女なのかはちょっと気になった。馬鹿な話だが、男だとすると、着替えのときなどに裸を見られるのは照れ臭いと思ったのである。まだ若かったから多少は人目を気にしていた。

だが、その人はいつでも影だけなので、男女の区別どころか年齢もわからなかった。

そして十五年前に、私は再婚して今の主人と一緒に暮らすようになった。それまでは前の主人との別居生活が十年ほど続いていた。その間は日本とカナダを行ったり来たりしていた。カナダの家でも不思議な現象は起きたのだが、それはまた、いつか別の機会に書きたい。

とにかく四十二歳にして、嫁にもらってくれるという奇特な人が現れて私は結婚した。今度の主人はいたっておおらかな性格で、およそ霊とか怪奇現象などには興味もないし、生涯で一度もそんなものに出くわしたことがない人だった。

したがって、私は自分が体験した超常現象についても話さなかった。私の家族は母を含めて全員がそういう話は苦手だった。お化けの存在を信じるのは、教養が不足しているからだなどと真顔でいう人たちである。

兄にいたっては「知ってるかミヨコ、美人は死ぬと幽霊になるけど、ブスは死ぬとお化けになるんだぞ」などといってからから笑ったりしていた。そんな家族だから、霊を恐がりもしない代わりに敬意も払わなかった。

そして、私にもそういう傾向があった。後から考えると、自分の家に住み着いている知らない人に、今度から家族が一人増えますからと、ちゃんと挨拶をするべきだったのかもしれない。だが、そこまで気が廻《まわ》らなかったのだ。なにしろその人は真夜中にすっと影しか見せないのだから、存在感はいたって希薄だった。

さて、私と夫の新婚生活は順調だった。私は怠け者で家事もろくにできないし、まったく役立たずの嫁だったが、夫は初めから物書きと結婚したのだから仕方がないとあきらめている節があった。小さいことにはこだわらず、文句もいわなかった。

異変が現れたのは結婚して最初に迎えた夏だった。寝室は三階にあったのだが、熱帯夜が続くと暑くて眠れない。といって狭い部屋なのでクーラーをつけっぱなしにすると冷えすぎる。どうしたものかと思案した末に、壁に穴を空けて換気扇を取り付ける方法を思いついた。そして隣の書斎のクーラーをつけたままで寝る。そうするとちょうどいい具合に隣室の冷気が換気扇から送り込まれてくる。我ながら名案だと思った。

この工事をしたときに、ついでに和室だった寝室を洋間に変えた。そして床の間を潰《つぶ》してクローゼットにした。夫の衣類の収納場所に困っていたのが、これで解決された。

あらたに取り付けた換気扇は紐《ひも》がついていて、それを引っ張ると廻り始める仕組みになっていた。夜、眠る前に寝室をよく冷やしておく。そのとき一緒に隣の書斎も冷やす。そしていざベッドにもぐり込むときに、寝室のクーラーは消して、ぐいと紐を引っ張って換気扇を回すのだ。隣室の冷たい空気がゆっくりと流れ込み、そのまま朝まで快適な涼しさに部屋は保たれた。

それを始めて三日ほどした夜だった。そろそろ寝ようかと三階に行くと、もう換気扇が廻っているのである。

「あなた、換気扇をつけてくれたの?」と夫に聞くと「いいや、ボクはつけていないよ」と答える。

「でも、換気扇が廻っていたわよ」というと「ミヨコが自分でつけて忘れたんだろ」と夫は軽く受け流した。「うん、そうかもしれない」と私も気に掛けるのを止めた。

そのまま寝てしまったのだが、夜中にあまりの暑さに目が覚めた。ふと見ると換気扇が止まっている。隣室からの冷気が入って来ないのだから暑いのは当然だ。

やだなあ、これもう壊れちゃったのかしらと思いながら、ベッドから脱《ぬ》け出して、もう一度換気扇の紐を引っ張ろうとしたら、換気扇の羽根の隙間から隣室の電気が煌々《こうこう》とついているのに気づいた。

あれ、おかしいな。たしかに寝るときは書斎の電気は消えていたはずだ。それなのにどうしてついているのだろう。妙だなと思いながら、隣室の電気を消して、それから、換気扇をつけた。

ふわっと冷気が流れ込み私はふたたび眠りにおちた。そして翌朝、目が覚めると夫がすでに起きていた。換気扇は無事に廻っている。やれやれ、故障ではないらしいと私は安心した。

ところが、その晩、換気扇はなんとも説明のつかない不思議な動きを見せたのだ。

夫と二人で寝室に行き、クーラーを消した途端に換気扇が勝手にブーンと廻り始めたのである。

「あれ、これ誰も引っ張っていないよね」と夫は換気扇の紐を指差した。

「うん、二人しかいないもん」と答えながら、私ははっとした。もしかして、あの知らない人がなんかやったのかなと思ったのだ。しかし、そんな話を結婚して半年もたっていない夫にしたって信じてもらえるはずがない。私は黙ってベッドに入った。

後から考えると、この時点で何か手を打つべきだったのかもしれない。

実は寝室を洋間に変えたために和式の鏡台を捨ててしまった。その鏡台こそ、あの知らない人の影がいつも映っていた鏡台だったのだ。ということは鏡台や床の間が、その人の居場所だったのかもしれない。だとすると私はそれを奪ったことになる。

なんか困ったなあと思いながらも、根が呑気《のんき》な性格の私はすぐにグーグー眠ってしまった。すると夜中に夫の声で起こされた。

「ミヨコ、何で今ごろスタンドをつけるんだよ」という。見ると、ベッドサイドのスタンドが明々と灯《とも》っている。

「あたし、寝てたから、スタンドなんてつけないわよ」と答えると夫が首をひねる。

「ボクもぐっすり寝てたんだけど、なんか寝苦しくて目が覚めたら、サイドテーブルのスタンドがついているから、てっきりミヨコがつけたんだと思ってさ」「変ねえ」「変だねえ」と二人で口々にいいながらスタンドを消して、また蒲団《ふとん》をかけ直して寝た。

この日からだった。我が家の寝室の電気系統はメチャクチャな動きを見せるようになった。

姿の見えない住人には換気扇がよほど気に入らないらしい。とんでもないときに、ブーンと唸《うな》り声をあげる。そしてパタンと止まる。まことに身勝手な動きをする。「なんじゃ、こりゃ」とさすがに夫もあきれて換気扇に触らなくなった。

スタンドも同じだった。寝室のすぐ横には風呂場《ふろば》とトイレがある。風呂から上がって、バスタオルで身体を拭《ふ》いていると、スタンドがついたり消えたりを繰り返すのである。まるで、こちらをからかってでもいるかのように、忙《せわ》しく点滅する。

夫はあまり慌てない人なので、そのスタンドを見て「落ち着かない奴だなあ。つくか消えるかどっちかにしろよ」などと話しかけていた。

どうも誰もいないと静かにしているのだが、私たちが三階の寝室に上がって行くと、いろいろと始めるのである。

私は密《ひそ》かに心配していた。夫が気味悪がって、この家を引っ越そうといい出すのではないかと。

話を先取りするようだが、結局、一年後には、私たちはこの家を出た。それはある決定的な出来事が起きたからだった。

何事にも動じない夫に、私は安心していた。向こうも、どうやら私の周辺には変なことが時々起きるらしいと気づいたものの、それを深くは追求してこなかった。基本的には、彼は霊の存在を信じていなかったから、スタンドがついたり消えたりするのも、何か電気系統の故障のせいだと思っていた。

換気扇が勝手に廻るのも故障したからに違いないと、それを工事してくれた工務店に文句をいって修理に来させた。だが、工務店の人が検査をしても換気扇は壊れていなかった。異常はなかったのだ。それどころか、まるで修理の人や私たちを馬鹿にするかのように、三人が寝室で換気扇を見ている目の前で、突然廻り始めた。「ど、どうしたんでしょうか、これ」と修理の人は眼を丸くしていた。しかし、彼とて打つ手はなく、そのまま帰って行った。

「どうも人間が換気扇にからかわれているみたいだなあ」と夫は笑った。笑ったりするくらいだから、まだ彼は余裕綽々《よゆうしゃくしゃく》だったのである。

私は内心では「まずいなあ」と思っていた。誰か知らない人が、この三階には住み着いていて、何かが気に障っている。だからこんないたずらをする。この程度のいたずらなら良いけれど、もっと悪質な嫌がらせをされたら困る。どうしたら、相手の機嫌を直してもらえるのか私には見当がつかなかった。

そして、あれは秋になった頃だったと記憶している。お風呂に入っていた夫が、いきなり「うわー」っと大声を上げた。

びっくりして風呂場に行くと、風呂桶《ふろおけ》を私に見せる。その中には真っ黒い長い毛髪が固まって浮いていた。

「今ね、風呂に入って身体を沈めた途端にぼこぼこってこれが下から浮いてきた」

夫はそういいながら、髪の毛を洗い場の流しに捨てた。

「おかしいわねえ。今日はおばちゃんの日だったわよね」と私は答えた。一週間に二回、掃除のおばさんを頼んでいた。おばさんの来た日は、風呂桶はピカピカに磨かれていた。髪の毛など落ちているはずがないのだ。

「そうだよ。風呂桶はきれいだったんだよ。もしこんなに髪の毛がくっついていたら、ボクがお湯を入れるときに気がつくだろう」

たしかにお湯を入れるのは夫の役目だった。彼は目ざといので、風呂桶の汚れに気づかぬはずはない。第一、掃除のおばさんはそんな手抜きをしない人だ。

「とにかく風呂桶には何もなかった。ところが入った途端に髪の毛が下から浮き出てきたんだ。ボクは気味が悪いからもう出るよ」といって、夫はそそくさと風呂からあがった。

私は何かがわかった気がした。あの髪の毛は夫の短い毛ではなかった。といって私の毛のように染めて茶色でもなかった。真っ黒で長かった。ということは、ここに住む見知らぬ人は若い女性なのだ。彼女は怒っている。理由はわからないが不快感を示すために、わざと髪の毛を残したのだ。

「引っ越そうか」と夫がいったのはその翌日だった。「うん」と私は答えた。

不思議なことに、私たちが引っ越しをしようと決めたら、いたずらは消えた。もう換気扇も廻《まわ》らないし、スタンドも点滅しないし、お風呂に髪の毛も浮いてこなくなった。

私たちは見知らぬ住人との約束通り、間もなくその家を去った。彼女と和解する方法がみつからない以上、それで良かったのだと今でも思っている。

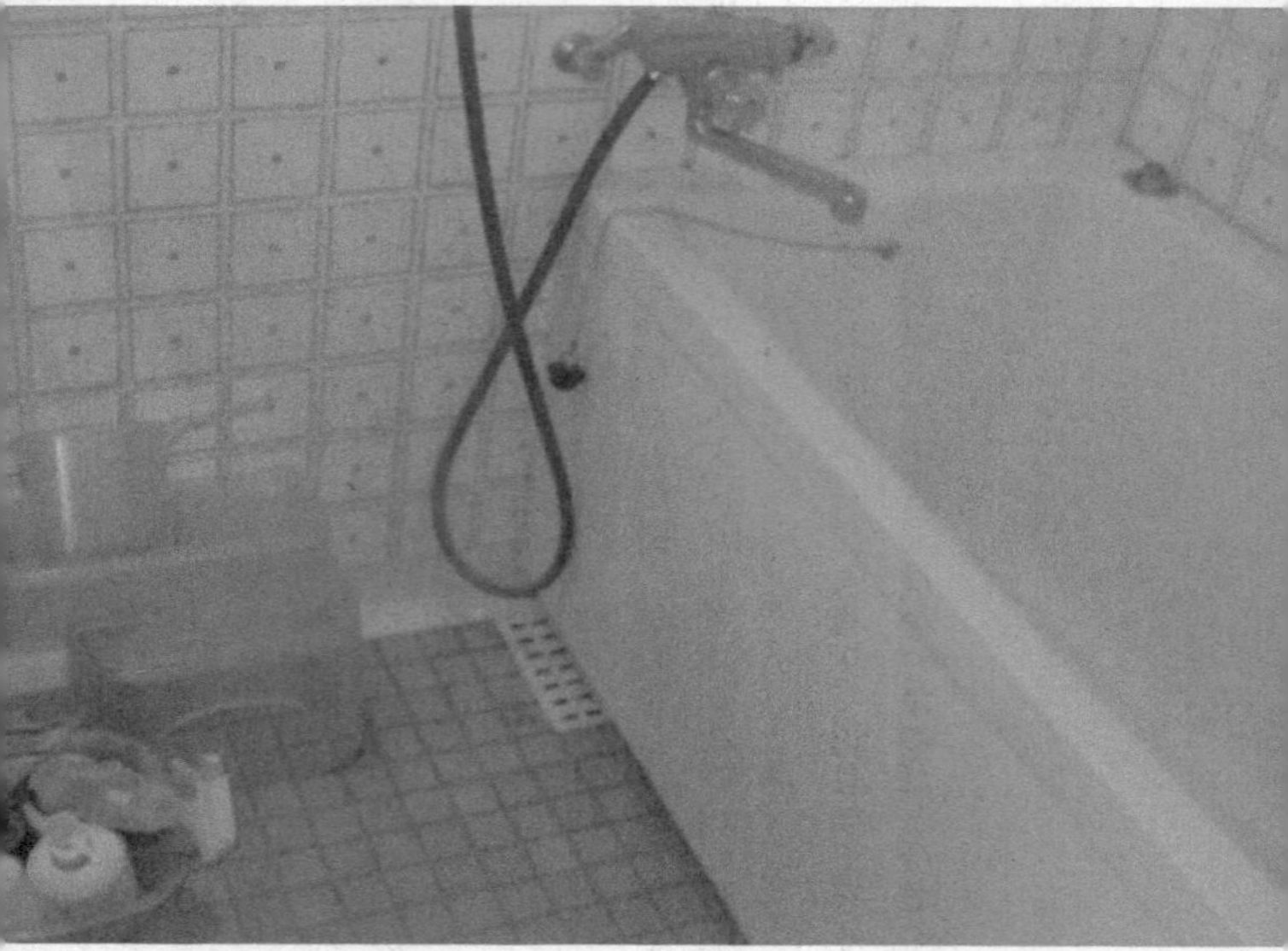

“事件”のあった、かつての著者宅の風呂

悪魔の木

もしも今、誰かが私に尋ねるとする。お金はいくらでもあげるから、好きなところに旅行しなさいと言われたら、あなたは何処に行きたいですかと。

私は自分がどう答えるかわかっている。

「あそこです。マルチニーク島に行きます」

と叫ぶに違いない。

マルチニーク島は、カリブ海に浮かぶ小さな島だ。フランスの海外県なので、フランス語しか通じない。その島へ行くには、パリからの八時間の直行便に乗るか、ニューヨークからプエルトリコのサンファンを経由して首都のフォール・ド・フランスへ飛ぶかしかない。つまり、日本からはおそろしく遠いところにある。

そんな島に私は二回行った。なぜ二回も行ったかというと、私がかつて評伝を書いたラフカディオ・ハーンが、この島に二年ほど住んでいたことがあるからだ。ハーンはとてもこの島が気に入っていて、実は日本に来たときも二、三年して、お金を貯めたら、またマルチニークへ帰るつもりだったのだ。

それが明治二十三年のことだ。ところが松江で日本女性と恋におちて結婚し、そのまま日本に居ついてしまった。小泉八雲と名乗り、明治三十七年に、東京でその生を閉じた。

ハーンがこよなく愛し、『仏領西インドの二年間』という著作まで残した土地を、ぜひとも私は自分の眼で見たかった。

だから四十二歳のときに、取材に出掛けた。この旅は最悪だった。なにしろおそろしく貧乏だったから、一番安いレンタカーを借りたら、車内にはゴキブリがうじゃうじゃいたし、安ホテルの部屋は蛙の棲家《すみか》だった。それでも、島を廻りハーンの足跡を辿《たど》った。

二回目に訪れたのは四十八歳の夏だった。ここではさらにひどい目に遇《あ》った。あるテレビ局の番組で、さまざまな人が自分のこころが惹《ひ》かれる場所に旅をするというシリーズだった。どこか行きたいところはないかと問われて、私はマルチニークを選んだのである。それは一回目の旅で、あまり満足のいく取材ができなかったという忸怩《じくじ》たる思いがあったからだった。

しかし、結果から先に述べてしまうと、二回目の旅はテレビ・プロダクションのディレクターの女性が想像を絶するほど無神経な人だったので、不快な思いの連続だった。彼女がいかに最低の人間であったかを書くのは、今回の原稿とは関係がないので割愛するが、世の中には、あそこまで図々《ずうずう》しい女がいるものかと私は仰天した。

とにかく「予算がない」というのが、そのディレクターの口癖だった。したがってスタッフはろくに食事も食べさせてもらえない日があった。泊まるのも、ホテルではなく民宿だった。これには参った。なにしろ戸外は四十度の暑さだというのに、部屋に冷房がない。網戸もついていないので、窓を開けるとどっと虫の大群が入ってくる。だから窓を閉めていると、もう灼熱《しゃくねつ》地獄である。

しかし、唯一救われたのは、この民宿のオーナーが実に気分のいい人だったことだ。ジョージという名のオーナーは四十代の半ばくらいだったろうか。まだ幼い子供が三人いた。彼が先頭に立って、われわれをジャングルの中へと案内してくれた。別にそのジャングルがラフカディオ・ハーンと何か関係があったわけではないのだが、ディレクター女史は「熱帯であることを視聴者にわからせるために、ジャングルへ入ります」と断固主張して譲らなかった。

ジョージは歩きながら手に棍棒《こんぼう》を持っている。「それなに?」と訊《き》いたら「ああ、これは蛇が出たときに叩《たた》くためにね」といってニヤリと笑った。どうやら毒蛇が出没する地域らしかった。

やがて、ある大きな木の前に出ると、ジョージが立ち止まった。

「ミヨコ、この木には気をつけなければいけないよ。これは『悪魔の木』というんだよ。危険な木だ」

「へえ、何が危険なの?」

私は彼に尋ねた。彼はかなり流暢《りゅうちょう》な英語を話す。そして、件《くだん》のディレクター女史がお気に入りで日本から連れて来た若いフランス語の通訳の男の子は、まったく役に立たなかった。少し難しい会話になると、彼の語学力では通じないので、どうしても私とジョージが直接英語で話し合うことになった。

「この木には、特別な能力があるんだよ。木の幹に傷をつけてみると、中がスポンジみたいになっている。そこに、自分が殺したいと思っている人間のブレスレットとかペンとか、なんでもいいから持ち物を差し込むんだ。そうするとスポンジがぎゅーっと収縮して、それを内部に吸い込む。実際、ボクの知人でやったことがある人から聞いた話さ。

それで、木は物を吸い込むと、切り口をぴちっと自分でふさぐんだ。

ほら、ミヨコ、よく見てごらん。これだけ大きい悪魔の木になると、あちこちにナイフの切り傷の跡が残っているだろう」

そういわれて、よく見ると、たしかにはっきりとした傷跡が三つほど木肌に確認できた。

「えー、そうすると呪いをかけられた人は死んでしまうわけ？」

私は少し寒気がしてきた。

「もちろんだよ。この木は強い。もしも今、ボクがこの木を切ったら、中からナイフやブレスレット、ペンダント、爪切りとか、色々な物が出てくるはずだよ。みんな呪いをかけるために、埋め込まれたものさ」

「ふーん」といって、私は悪魔の木をもう一度見上げた。それは、高さが五メートル以上もあり、枝が幾重にも広がって青々とした葉を繁らせている。何か不思議な強い生命力を感じさせる木だった。

「それにね、もう一つ、この木には言い伝えがある。もしも、ジャングルの中を歩いていて、この木に出逢《であ》ったら、絶対に伐《き》ってはいけない。そんなことをすると、必ず、その人間は死ぬ。だからボクが若い頃は、この木に気づくと、そっと傍を通り抜けたものさ」

「今でも人々はそんな迷信を信じているんですか？」と、私は思わず尋ねた。

するとジョージは少し気を悪くしたような顔で答えた。

「ミヨコ、これは迷信ではないよ。真実《ほんとう》の話だよ。この森の奥深くには、まだ魔女たちが住んでいる。滅多に普通の人は会えないけれど、彼女たちは独特の能力を持っていて、頼みに行くと、誰かを呪い殺してもくれるんだよ」

　そうかあと、私はこころの中で、密《ひそ》かに頷《うなず》いた。呪いはマルチニークでは過去の遺物ではないのだ。人々の生活の中に厳然として存在する。悪魔の木も魔女たちも、立派に現役なのである。

「もしも、私が魔女たちを取材したいとしたら可能かしら？」

　ジョージに尋ねると、それは非常に難しいだろうといわれた。ただ、相手が女性だと、会ってくれる確率は高いそうだ。しかし、テレビの撮影は多分断られるだろう。写真がせいぜいといったところかなという説明だった。

　私は興味津々だったから、今度はきっと魔女と悪魔の木の取材のために、この島を訪ねようと決心した。

　まさかそのときは、悪魔の木が自分に何をもたらすかなどとは想像もしていなかったのである。

　さて、それから二日後、私たちはいよいよ撮影を終えて、島を去ることになった。最後の晩は、ジョージがマルチニークの歌などを唄《うた》って盛り上がった。

「これは、ミヨコにお土産だよ。日本に帰るまで開けてはいけないよ」といって、ジョージが細長い紙包みをくれた。御礼をいって私は受け取り、大事にスーツケースにしまい込んだ。何が入っているのか気になったが、ジョージとの約束を守ろうと思った。

帰りは、スタッフと別れてニューヨークへ寄り、二泊ほどしてから日本へ帰った。ほんとうはニューヨークの図書館で調べ物があったのだが、マルチニークの滅茶苦茶《めちゃくちゃ》な日程のお陰で、すっかり疲れ果て、ただベッドに横になって二日間を過ごした。

さて、東京に帰った私は早速、ジョージからのお土産の包みを開けてみた。すると、中から出て来たのは、根っこのついた小さな木だった。

しばらくは、何だかよくわからないで、それを見ていた。干からびて、ほとんど牛蒡《ごぼう》みたいになっている。

それから、わずかにくっついている葉の形を見て、はっと気づいた。これは悪魔の木じゃないだろうかと。悪魔の木の苗木をジョージは私にくれたのだ。私がすごく興味を示していたから。それなら日本に持って帰ったらいいと考えたに違いない。

さて、その木を手に私はどうしたものかと迷った。もう枯れているようにも見えるが、根があるのだから再生するかもしれない。もしも、悪魔の木を日本で育てて、大きくなったらどうしよう。私は自分の嫌いな人に呪いをかけることができるわけだ。

今のところ、さしあたって、死んではしい人はいないけれど、秘密裏に誰かを呪い殺す能力を自分が保持してしまったとしたら、大変なことだ。と、ここまで考えてから、おかしくなった。まさか、こんな木の一本で、他人を殺せるはずがないじゃないか。迷信に決まっている。

そう思ったら、何だか安心して、その木を大きなガラスの花瓶に入れた。もちろん水をたっぷりと張って、その中に挿したのだ。いきなり土に埋めるより、まずは水分を必要としているように見えたからだ。

その花瓶は一ヶ月ほど前に下の娘がくれたものだった。私には子供はいないが、主人は前の結婚で二人の娘がいた。今は二人とも結婚したが、当時は下の娘だけ独身で、ときどき遊びに来てくれた。たしか父の日にといって、花瓶を届けてくれたような気がする。

とにかく、娘の花瓶はかなり大ぶりだったので、悪魔の木を入れるのには丁度良かった。

なんとか再生してくれることを祈りながら、私はとりあえず、花瓶をそっと和室の水屋の前に置いた。

それから一時間もしない頃だった、書斎で仕事をしていた私は、「キャー」というお手伝いのユキさんの声を聞いた。慌てて和室に駆けつけると、ユキさんが水屋の前で、呆然《ぼうぜん》と突っ立っている。その足元は水浸しで、しかもガラスの破片が散っている。

「どうしたの？」

私が尋ねると、ユキさんが怯《おび》えたような声を出した。

「奥様、信じてください。あたしはほんとうに何もしなかったんです。この花瓶に触りもしませんでした。それなのに、これが急に目の前で、まるで爆発でもしたみたいにバーンと割れて粉々になったんです。

ああ、びっくりしました。こんなことは生まれて初めてです。すみません。今すぐ片付けます。でも、ほんとうに、あたしは触りもしませんでしたから」

何ともいえない気持ちで、私は水の中に転がっている悪魔の木を見た。

「やったのは、あんたね」とこころの中でつぶやいた。しかし、だからといって悪魔の木を捨ててしまうのは大人気ないと思い、今度はプラスチックの容器に移した。これだったら、いくら割れても危なくないだろう。

その晩のことだった。下の娘から電話がかかってきた。

「もう、今日はすごく変な日だったのよ」と娘が疲れた声を出す。

「どうしたのよ？」

私は昼間、花瓶の一件があったので、ちょっと不吉な思いが胸をよぎった。

「それがねえ、奇妙なことばっかり起きたの。お昼ごろにマンションの部屋のドアが、風もないのに、いきなり開いて、そのまま壁にすごい勢いで叩《たた》きつけられて、ドアのガラスが粉々に割れちゃったのよ。あら大変と思って掃除をしていたら、今度はね、棚を自分で作ろうと思ってガラス板とレンガを買ってきて、部屋の隅に積んでおいたのね。そのガラス板が自然にガラガラと崩れて、これも粉々になっちゃった。いったいどういうことだと思う？　もう少しで大怪我をするところだったの。まるでガラスに祟《たた》られているみたいな一日だった」

一気に喋《しゃべ》って、娘はため息をついた。

私は返す言葉もなく黙り込んだ。娘がくれた花瓶が割れたのも、ちょうどおなじ時刻だった。これは悪魔の木の仕業に違いない。しかし、まさか、その花瓶をくれた娘にまで悪さをするとは夢にも思っていなかった。

「とにかく、しばらくはガラスに気をつけてちょうだい。それから出歩くときはくれぐれも注意してよね」といって、私は電話を切った。

娘は私にとっては実の子ではない。しかし、二人とも、とても素直で優しい性格なので、私は彼女たちを憎いと思ったことなど一度もない。

まして、悪魔の木を使って呪いをかけようなんて考えてもいない。それでも、知らない人が聞いたら、私が悪意を持っていると思うかもしれない。なんと面倒なことになってしまったものかと、頭が痛くなった。

その晩、帰宅した主人に今日の出来事を話した。しかし彼は「偶然だよ、そんなの。ユキさんが足でもひっかけて花瓶が割れたんだろう」と取り合わない。娘のマンションでの事件も「風でも吹いたのを、あいつが気がつかなかっただけさ」といってケロリとしている。

正直なところ、私はそんな主人の言葉に救われる部分があった。

さて、悪魔の木は、その後、驚異的な生命力を見せて、小さな若葉が出て来た。土の入った鉢に植え替えると、すくすくと大きくなっていった。この木はたしか一年に一メートルずつ伸びると聞いていたけど、庭のない我が家で大木になってしまったらどうしようかと私は心配になった。

ところが、夏が終わり秋がきて、冬が訪れると、あっけなく悪魔の木は枯れてしまった。そうだ、よく考えてみれば、あんな暑い南の島から来た木なのだから、冬に弱いのは当り前だろう。

私は悪魔の木が枯れたのがちょっと残念でもあったが、このまま大木になってその威力を発揮されても、やはり困ると思った。
それでも、いつか必ず、悪魔の木と再会するためにマルチニークへ行くつもりでいる。

マルチニーク島のジャングルでは、巨大な悪魔の木を、見掛けることがある。かつてラフカディオ・ハーンも、その恐ろしさを作品の中で紹介していた。強烈な生命力で人間を呪うことのできる木だといわれている。樹齢を経たものには蔓《つる》が巻きつき垂れ下がっている。

兄とコピー

兄の話はいつか書きたいとずっと思っていた。しかし、なかなか書くきっかけがつかめないでいた。

自分が物書きを職業としたのは、なぜだろうと考えるとき、やはり兄の存在は無視できない。兄がいなかったら、私はこの職業を選んではいなかったかもしれない。

兄は私より四歳年上の昭和二十一年六月二十二日生まれである。今年で六十二歳になる。よく生きたものだと、あらためて深い感慨に襲われる。

それというのも、私の兄は三歳のときに日本脳炎を患い、重度の心身障害者となってしまった。左半身が不随で、全盲で、さらに知能が遅れている。だから当時の担当医からは、せいぜい中学生くらいまでしか生きられないだろうといわれていた。

私の両親が離婚をしたのは、私が小学校の低学年の頃だった。兄と姉と私は母に連れられて、住み慣れた西大久保の家から原宿へ引っ越した。それが昭和三十一年の冬だったと記憶している。

引っ越しする直前まで、兄は障害児用の施設に入れられていた。そして家に一時帰宅してみると、どうもやたらと転ぶのである。おかしいと思って母が目の前で手を動かしてみると、まったく反応しない。ここに到って、母はやっと兄が全盲になったことに気づいた。施設に預ける前は兄の目は見えていた。ということは、施設にいる間に見えなくなったわけである。それなのに施設で世話をする人たちはまったくその事実に気がつかなかったのだ。

あまりに無責任だと母は猛烈に怒った。そんないい加減な人たちに息子は預けられないと母は思った。そもそも兄を施設に入れろと強硬に主張したのは父だった。しかし、その父と離婚したのだから、母は遠慮することなく兄を自宅に引き取れる。

「パパはね、こういう障害児の息子がいるのが嫌だったのよ。だから逃げたかったのね。あの子が普通だったら、離婚しなかったかもしれない」と後年になって母がしみじみと語ったことがあった。

明治生まれの父にとって、子供は男の子がなにより大事だった。それなのにせっかく生まれた男の子が五体満足ではなかったことで、深く失望した。その次に生まれたのは女の子だった。これが私の姉である。母は落胆する父の心情がよくわかっていたので、なんとかもう一人、健康な男の子が欲しいと思って、第三子を産んだ。ところが、またしても女の子、すなわち私だった。

病院に見舞いに来た父は「なんだ、女か」といって、新生児を抱き上げようともしなかった。苦労して産んだ母はずいぶんと腹が立ったらしい。

表面的な理由は父に愛人ができて、そのために別れたのだが、実はもっと根深いところに二人のこころの行き違いがあったのだろう。そこに兄の病気が無関係だったとは思えない。両親が離婚した家庭で育った私は、自分には何かが欠落しているのではないかと常に怯《おび》える気持ちがあった。初めから、まともな職業に就くことを勝手に放棄していた。その結果、選んだのが物書きという稼業だった。

ともあれ、どんなに重い障害があっても母は兄を愛していた。手元に置きたかった。しかし、父はそういう子供が自分にいることを否定したかったのだろう。簡単にいえば見たくなかったのである。

今と違って、まだ終戦間もない頃の障害児の施設はほんとうに粗末なものだった。兄はその施設でずいぶんといじめられたのではないかと私は思うことがある。

なぜなら、兄は「馬鹿」とか「この野郎」とか、私の家族が絶対に使わないような乱暴な言葉を知っていた。そして、小さい頃から、よく癇癪《かんしゃく》を破裂させては、汚い言葉を口走り、その後で必ず、自分の動くほうの右手で頭を庇《かば》うようにして、身体を小さく丸めた。それは誰かに殴られた経験があるからに違いなかった。

その姿を見るたびに、私は胸が痛んだ。そして、兄を絶対に施設には帰さないと決心した母の気持ちが切実にわかった。

　しかし、兄が一人、家族に加わるということは並大抵の苦労ではなかった。例えば悪いが、獰猛《どうもう》な猿が一匹、放し飼いで茶の間にいるようなものだった。

　少しでも気に入らないことがあると、兄は大暴れをした。襖《ふすま》をぶち割り、障子をずたずたに裂き、家具をなぎ倒した。自分の着ている衣類は毎日引き裂いて破いた。だから母は兄のために親類から古着を分けてもらった。蒲団《ふとん》は丈夫なデニムの生地で作った。そうじゃないと、一週間たたないうちに綿くずと化してしまうからだ。

　それでも、母は兄を家族から隔離しようとはしなかった。兄の部屋はあったが、食事のときは必ず家族と一緒に食卓を囲み、夕食後は寝るまで、皆で音楽を聞いたりして過ごした。

　母も辛《つら》かったろうが、私たち子供も辛かった。毎晩のように繰り広げられる兄の狼藉《ろうぜき》に心身ともに疲れ果てていた。

　ある日、あまりに長時間、兄が暴れ続けるので私は泣きながら「ママ、もっちゃんを殺して、皆で死のうよ」といったことがある。もっちゃんとは、兄の愛称だった。

　私はたしか八歳くらいだったろうか。このとき、兄を蒲団で巻いて、なんとか押さえつけながら、母が声を振り絞るようにしていった。

「もっちゃんにだって生きる権利はあるのよ。そんなこといっちゃだめ」

そういう母の両目からも涙がぽたぽたこぼれていた。

こんな思いをしながらも私たち母子がなんとかもっちゃんと暮らせたのは、ヨシエさんという聖母マリアさまのように優しいお手伝いさんがいてくれたからだった。

ヨシエさんは十六歳の若さで我が家に来て、それからずっと生涯をもっちゃんの面倒を見るために捧《ささ》げてくれた人だ。

私は彼女が怒ったのを見たことがない。もっちゃんが、どれほど暴れても、じっと背中をさすってやり、お菓子を食べさせ、彼のおそらくは自分でも理由のわからない怒りの嵐が過ぎ去るのを待った。ときにはもっちゃんに蹴《け》っ飛ばされて青痣《あおあざ》を作ったりもした。

そんなもっちゃんが、すっかりおとなしくなったのは三十歳を過ぎた頃からだろうか。医師から精神安定剤を処方されていることもあったが、いわゆる思春期を通り過ぎ、情緒が安定したようだ。そのかわり、それまでは、なんとか両脇を支えてやれば歩けたのだが、まったく歩けなくなった。そこで困ったのがお手洗いだった。おしめをしてくれればいいのだが、そんなものは、すぐに引きちぎって捨ててしまう。仕方がないので、小柄で四十キロがやっとのヨシエさんが、六十キロ以上もあるもっちゃんを背負ってトイレに連れていった。

今考えると、それがヨシエさんの身体には大変な負担になっていたのである。わかっていれば、やめさせて、何かほかの方法を考えたろうが、当時は私も母もただヨシエさんに感謝するだけで、彼女の好意に甘えていた。

そのため、ヨシエさんは七十歳を過ぎた頃から腰が曲がってしまい、現在は七十六歳だが歩くこともままならない身体になってしまった。それでも今も献身的にもっちゃんに食事を食べさせたり、おしめを替えたりしてくれている。六十二歳になったもっちゃんは、やっとおしめを受け入れるようになったのである。

さて、もっちゃんがおとなしくなったのと入れ違いのように、我が家にはコピーという犬が来ることになった。

もともと我が家は三世帯同居住宅で、建物の左半分に姉夫婦と娘、そして右半分の二階には私たち夫婦が住み、一階に母、兄、ヨシエさんが生活していた。

姉の娘は一人っ子なので、しきりにペットを飼いたがった。しかし、もっちゃんの世話で手一杯の母やヨシエさんは生き物を飼うことに反対した。すったもんだの末に必ず自分が責任を持って面倒を見るという約束で姪《めい》がゴールデンリトリバーを飼った。名前はコピーと名付けられた。ちょうどバルセロナのオリンピックが開催される寸前で、そのマスコット犬がコビーといったので、同じ名前にした。

コビーはいたって性質の良い犬だった。まず、吠《ほ》えたことがない。どんな人にも愛想よく尻尾《しっぽ》を振る。これでは泥棒に入られても大歓迎しちゃうねえと家族は笑った。

ヨシエさんは生来が優しい性格の人だと犬にもわかるらしくて、コビーはいつもヨシエさんの後をついて歩いた。

面倒を見るはずの姪は就職して転勤で地方に配属され、コビーは東京に取り残された。

いつの間にか、もっちゃんとコビーは一組になって、ヨシエさんの庇護《ひご》のもとに暮らすようになった。

実は、私はひそかに心配していた。もっちゃんは、ものすごい焼餅《やきもちや》焼きなのである。ヨシエさんが私たちと楽しく会話をして、笑い興じていたりするときに限って「おい、お茶持って来い」とか「おしっこだから、はやく来い」とかいらいらした調子で怒鳴る。

我が家はもともと女ばかりだったので、そんな喋《しゃべ》り方をする人はいない。それなのに、もっちゃんはひどく威張った命令口調だ。

「どうしてかしらねえ」と母は首をかしげていた。「はいはい、わかりましたよ。只《ただ》今《いま》お持ちしますよ」とヨシエさんは、丁寧に答えて、もっちゃんの要求を叶《かな》えてやっていた。

あるとき、私ははたと気がついた。もっちゃんの、この命令口調は父にそっくりなのである。父は一代で出版社を興して成功させた人だ。ワンマンを絵に描いたような男で、いつも社員に怒っている。

しかし、その父は経済的な援助をしてはくれたものの、もっちゃんを訪ねて来たことなどほとんどなかった。もっちゃんは父の関心外にあった。まったく接点がない父子なのに、もっちゃんの口調や性格は父にそっくりだった。

「これこそパパのDNAだわね」といって私と母は笑った。

そんなもっちゃんだから、ヨシエさんがコピーの世話をすると、きっと嫉妬《しっと》して怒るのではないかと心配したのだが、これは杞憂《きゆう》に終わった。もっちゃんとコピーの間には不思議な友情が芽生えたのである。

もっちゃんは、ベッドの傍に来るコピーの背中を撫《な》ぜて、「コピーちゃん、いいお洋服を持ってまちゅね。どこで買ったんでちゅか」などと話しかける。

幼い頃に全盲になったもっちゃんは犬というものを見たことがない。だから、コピーの毛は洋服を着ているのだと思うらしい。コピーの全体像がもっちゃんには想像がつかなかった。しかし、ヨシエさんがコビーを可愛がっていることを本能的に察知して、コビーを仲間に加えようと思ったらしい。

コビーもまた、もっちゃんにはよくなついた。十三キロもあるコビーがどさっともっちゃんの上にかぶさって、ぺろぺろもっちゃんの顔を舐《な》めた。

「コビーちゃんダメでちゅ。重いよ」といいながらも、もっちゃんは嬉《うれ》しそうな顔をしていた。

そして、コビーが姉の家のほうにいても、もっちゃんにはその動向がわかるらしく、じっと空を睨《にら》んで「ヨシエおばちゃん、コビーちゃんが呼んでるよ」と突然いったりした。

そういわれると気になって、ヨシエさんが、姉の家に行ってみると、コビーは玄関でおしっこをお漏らしして、しゅんとなっている。自分が悪いことをしたと知っているのである。といって、吠えてヨシエさんに知らせるわけにもゆかず困っていた。

こんなことが何度かあったらしい。逆にコビーがもっちゃんのベッドにヨシエさんを引っ張っていくと、もっちゃんは半分ベッドから落ちかけていて危ないところだったこともあった。

今までもっちゃんが、こころを許したのはヨシエさんだけだった。私の母にさえも、もっちゃんはどこか他人行儀でよそよそしかった。母が、ヨシエさんが留守のときに、もっちゃんにお茶を飲ませたら「どうもすみませんねえ」ともっちゃんにお礼をいわれたといって、大笑いしていた。「あたしは実の母親なのに遠慮するのよね。それでヨシエさんが帰って来るなり『今までどこに行ってたんだ』ってすごい剣幕で怒鳴るのよ。それまでは借りてきた猫みたいにおとなしかったのに」というくらい、ヨシエさんには甘え切っていた。

まして私のことなどは、もっちゃんは大嫌いだった。ヨシエさんは、誰にでも優しいので、私が階下におりていくと、いつもお菓子やお茶を出してくれる。それがまず、もっちゃんには気に入らない。ヨシエさんの注意を惹《ひ》くものは、なんでも腹が立つらしい。「さっさと帰れ」などと悪態をつく。私もむっとして「もっと普通に喋れないの」などと、つい兄が障害者であることを忘れてむきになって喧嘩《けんか》をした。

あれだけ意固地なもっちゃんが、なぜコピーとだけはこころを通わせられるようになったのか、私は今でも不思議でならない。

ヨシエさんがコピーに餌をやっていても、もっちゃんは怒らなかった。じっと我慢して待っていた。そして、いつの頃からか、独り言のように「コピーちゃんはボクの友達だから」というようになった。これも誰かが教えたセリフではなかった。自分でいい出したのである。

ふーん、友達かと私は思った。その生涯で、ずっと暗闇の中にいて、ヨシエさん以外の人には家族にもこころを閉ざしていたもっちゃんが、初めて得た友達がコビーなのだ。

多分それはヨシエさんという仲介者がいたからこそ成立した友情だったのだろう。ヨシエさんに愛されているという安心感をもっちゃんはコビーと共有していたに違いない。

コビーの体力がどんどん衰え始めたのは、平成八年ごろだった。動作が鈍くなり食物を受け付けなくなった。姉が心配して病院へ連れていったりしたが、さしたる改善はみられなかった。

コビーが死んだ日のことを私ははっきり憶《おぼ》えている。ヨシエさんの傍にぺたんと腹《はら》這《ば》いになって、やっと息をしているかのように苦しそうだった。

「この犬、もしかして病気？」と私はヨシエさんに聞いた。私はどちらかというと犬よりも猫が好きで、自分の性格も猫型だと思っている。小さいときに足を犬に噛まれて三針も縫う大怪我をしたので、余計に犬は苦手だった。だからとくにコビーを可愛がったりはしなかった。

「ええ、ずいぶん弱っていて心配なんですよ」とヨシエさんが答えた。

コピーは上目遣いにちらりと私の顔を見たが、無愛想に横を向き、がくんと頭を床に落とした。それから二時間ほどで、コピーの呼吸は止まった。

姉夫婦も姪《めい》もコピーの死を悲しみ、丁重なお葬式を出した。姉の友人の中にはお香典を持ってきてくれる人もいた。

もっちゃんは「死」というものが、どうもよく理解できないようだった。

ヨシエさんが「コピーちゃんは死んだのよ」といっても「違うよ。死んでないよ」といい張った。

それから一週間くらいした頃、ヨシエさんが夕方、台所に立っていると、横で何かが動く気配がする。ふと見るとコピーが尻尾を振って立っていた。

「あら、コピーちゃん、あんた死んだんじゃなかったの？」とヨシエさんが思わず叫ぶと、コピーの姿がすっと消えた。

それから二分くらい経過した頃、突然、もっちゃんが嬉しそうな声を上げた。

「コピーちゃん重いよ。ボクの上にのったら重いよ」

ヨシエさんが見ても、もっちゃんの蒲団《ふとん》の上には何ものっていないのに、もっちゃんはしきりに手で、上のものを振り払おうとしている。

「コビーちゃんがいるの？」とヨシエさんが聞くと「うん。コビーちゃんがいるから重いよ」ともっちゃんは答えた。

それから、一週間に一回くらい、もっちゃんは手をそっと伸ばして「コビーちゃん、どうちたの？」といったり「コビーちゃん重いよ」というようになった。

「きっとコビーがもっちゃんの周りをうろうろしているんですねえ」とヨシエさんはしんみりといった。

私の父が亡くなったのは平成十四年の二月九日だった。九十歳の長寿を全うしての死だった。

この前日、もっちゃんは急に「パパはどこ？」とヨシエさんに聞いた。

「パパは病院よ」とヨシエさんが答えると「そう。パパはボクのこと嫌いだったんだね」といった。

「そんなことないわよ」とヨシエさんは慌てて答えたが、何か気になった。もっちゃんが父について話すことなど、もう何年もなかったのである。その翌朝早く、父が救急車の中で息を引き取ったと知って、ヨシエさんは、あらためて兄の言葉を思い出し、

「もっちゃんが不憫《ふびん》でしたよ」と私に語った。

普通の人よりも知能が遅れている分だけもっちゃんには鋭い直観力があった。相手

が自分をどう感じているかを瞬時に見極めた。

だからコピーが無心にもっちゃんになつくのが嬉しかったのだろう。コピーは障害者だからといって、もっちゃんを差別したりはしなかった。

今でも、ときどき、コピーはもっちゃんのところに遊びに来るらしい。「コピーちゃん？」と、もっちゃんが見えない眼をじっと開けて空中を睨んでいることがたまにあるという。その後で、必ず、もっちゃんはニコッと笑って手を差し出す。きっとコピーがもっちゃんの手を舐めているのだろうとヨシエさんは想像している。

私の両親が離婚してから五十年以上の歳月が流れた。ついに父はもっちゃんに一片の愛情も示さずにあの世へ旅立ってしまったが、もっちゃんは、そんな父をまだ憶えているらしく、「パパは死んだの？」とたまにヨシエさんに聞くことがあるのだそうだ。

今でも、ときどき“遊びに来る”コピー

謎の笛の音

私がその笛の音に気づいたのは、かれこれ十五年ほど前になる。

真夜中だった。表の通りで笛の音がする。なにしろこちらは寝呆《ねぼ》けているので、

「ああ、また小学生が吹いているんだ」

と思った。

わが家の斜め前に小学校がある。児童たちは音楽の時間に笛を習う。私もかつてその小学校に通っていた頃に笛を習った。学校からの帰り道、笛を吹き歩いたりしたものだ。

今でも、笛を吹きながらわが家の前を歩いて行く小学生がいる。だから、初めに頭に浮かんだのは、ランドセルを背負って、指をせわしなく動かしながら笛を吹いて歩く子供の姿だった。

しかし、すぐに待てよ、と思った。真夜中の午前二時とか三時に、笛を吹きながら歩く小学生なんているわけがない。それに笛の音は子供が吹くにしては、やけに物悲しいメロディーだ。

だいたい子供が習う曲なんて、「トルコ行進曲」とか「花」とかすぐにわかる曲が

多い。それなのに、私の耳に聞こえてくるのは、今まで聞いたことのないメロディーである。

やれやれ、夜中に笛を吹きながら歩く物好きな人がいるのだろうか。しかし、それは、はた迷惑というものだ。もしも自分が飲み会かなんかで帰りが午前様になって、家の前の路地で笛を吹いている人とばったり出会ったりしたら、ずいぶんと薄気味悪いだろう。

実際、私は今でこそ堅気のサラリーマンと結婚して、真面目に主婦の生活をしているのだが、十五年前はひどい暮らしをしていた。

そんなことはちっとも自慢にならないが、睡眠薬をガバッとウイスキーの水割りで飲んで寝てしまうなんていう無茶な真似もした。つまりグレていたのである。三十代も半ばを過ぎたオバサンがグレていたって仕方がないのだが、家庭も仕事もうまくゆかず、生活は荒れ放題だったので、午前様なんてしょっちゅうだった。

ちょうど寝入りばなに、笛の音で目を覚まされることがよくあった。一ヶ月に一、二回くらいの割合だっただろうか。

ある晩、私は不思議なことに気がついた。その笛の音は、あまり長くは続かない。聞こえたとしてもせいぜい一、二分なのだ。

明瞭《めいりょう》に、はっきりと、ある旋律が流れ、ぱたりと止まる。歩きながら吹いていて、だんだん音が遠ざかるというのではない。

そうか、これはもしかしたら、近所の家で夜中に笛を吹く人がいるのかもしれないと思った。実は私の家の近くに、けっこう有名な作曲家の先生が住んでいる。ときおり、ピアノの音がその家から流れてきたりする。あの先生が、不眠症かなんかで、夜中に一人で笛を吹くのではないか。これはあり得ることだった。

いずれにせよ、私にとって、笛の音が聞こえるのは、かなり気になった。そこで、同居している母に尋ねてみた。

「ねえねえ、この辺のご近所で夜中に笛を吹く人がいるみたいじゃない？　たまぁーにだけど聞こえるのよ」

そういうと、母は心底驚いてみせた。

「えっ？　そんな笛の音なんて聞こえませんよ。気味の悪いことといわないでよ」

母は明らかにむっと不機嫌な顔になった。私はなぜ母が不機嫌になったのか、その理由がわからない。

「だって聞こえるものは聞こえるんだから、仕方ないじゃない。それに気味が悪いってどういう意味？」

「あんたがいつも変なことばかりいうから、気味が悪いっていったのよ」

母はもう喧嘩腰《けんかごし》だった。そうなると、こちらもなんだか面白くない。

「いつも変なことなんていってませんよ」

むっとして答える。

母はつくづくあきれたというふうに、私の顔をながめた。

「だってこの間も、あんたは死んだはずの裏のおばさんの歩く姿を見掛けたなんていったじゃない」

そういわれてうっと返事に詰まった。たしかに、私は家の前の路地で、裏の家のおばさんが歩く後ろ姿を何度か目撃している。そのおばさんはもう十年以上も前に、病気で亡くなっていた。

しかし、歩いているのはまぎれもなく、小柄で、髪の毛をくるくると巻き上げて留めているあのおばさんなのだ。

その話をしたら、母はなんとも困った表情で、

「あんた、やっぱりちょっとヘンよ」といった。

私もこれには反論のしようがなかった。やっぱり自分はヘンなのだろう。しかし、

ヘンといったって他人に迷惑を掛けているわけではない。ただ、ちょっと奇妙な現象が自分の周囲で起きるだけなのだ。それを非難されるのは、いたって心外だ。

それに笛の音の場合は、いわゆる自分の身辺で起きるヘンなこととは無関係だと思っていた。

「あたしゃね、あんたに前からちょっといいたいことがあるんだけどね」

母はポットのお湯を急須《きゅうす》につぐと、突然、真面目な声でいい出した。

こういうときは、どうせろくでもない話に決まっていた。四十歳を目前に控えていたその頃の私は、母の小言がうっとうしかった。しかし、母にとっては中年になってもやっぱり娘は娘だ。自分が意見をしなきゃという気持ちが強いらしい。

「あんたね、睡眠薬を飲んでるでしょ。あれやめるべきだと思うんだよ」

母の言葉で、私は彼女が何をいいたいかをすぐに了解した。

つまり、母は私が睡眠薬のせいで幻覚をみたり幻聴に襲われたりするのではないかと心配しているのだ。

「冗談じゃないわよ。睡眠薬を飲むのは私の勝手でしょ」

思わず、こちらの語気は荒くなった。だが、正直にいうと、痛いところを突かれた気がした。なるほど、睡眠薬の常用が身体に良いわけがない。それは百も承知だが、ひどい不眠症に陥っている身としては、薬に頼る以外に解決方法がなかった。

「いくらあんたの勝手っていったって、あたしゃ医者に聞いてきたんだよ。睡眠薬とお酒を一緒に飲むのが一番いけないって」

母はじっとこちらを睨《にら》みつけて言葉を続ける。

「いいたくないけどね、あんたがね、裏のおばさんの姿を見掛けたとか、夜中に笛の音を聞いたなんていうたびに、あたしゃ心配してるんだよ。頭がどうにかなっちゃったんじゃないかって」

まさか……と私は絶句した。ひどいじゃないか。私が睡眠薬のせいで頭がヘンになっているなんて、こうもはっきりいわれては、もう怒るのを通り越して情けなくなる。

そのときから私は決心した。これからは笛の音の話を家族にするのはやめようと。私がいい加減な生活をしているのは事実だが、頭がおかしくなっているとは絶対思えない。家族にまで疑われるようでは、これから先が思いやられる。

とにかく、私はそれ以来、ひたすら黙っていた。相変わらず夜中に笛の音が聞こえる日があるのだが、何もいわなかった。母の寝室は家の一番奥にある。それに対して私の寝室はほとんど通りに面していた。そのため、よけいにはっきりと笛の音が聞こえるのだろうと解釈していた。

それから七、八年して、私はひょんなきっかけで日本のサラリーマンと再婚した（その前はカナダの人と結婚していたのだが、この話はまた次回に書くつもり）。そして、いわゆる普通の主婦になった。主婦になると、朝は早起きして夫に食事を作らなければならない。夜も人並みに十二時をまわった頃には寝る。一人のときのように明け方まで勝手なことをしてはいられない。

不思議なもので規則正しい生活をしていたら、不眠症は治ってしまった。したがって睡眠薬とも手が切れるようになった。

これはもちろん良いことにちがいない。いい年をしたオバサンがいつまでも荒れた生活を続けていたら、不幸な晩年が待っているだけだ。

さて、真面目な生活を送るうち、いつの間にかお酒の量も減った。夜は食事の仕度をするため、お酒は控えめにする。酔っ払ったら最後、料理なんて作る気がしないからだ。

つまり、母が心配していた睡眠薬とお酒と、その両方を併用するような日常はなくなった。だからといって、妙な出来事が全く起きなくなったのではない。不思議なことはちゃんと起きる。

ふん、やっぱり私の頭がヘンだったからじゃないわよと私は内心で母に悪態をつきながらも、どこかで安心もした。

他人様《ひとさま》が聞いたら妙な話だろう。でも不思議現象が起きるたびに私はほっとしていた。どんな生活をしようと不思議現象は起きるのだから、私の頭はいたって正常だという理屈なのだ。

再婚して、夫は私の家に一緒に住むようになった。以前より少なくはなったが、それでも三ヶ月に一回くらい例の笛の音は聞こえた。

ふと思いついて、夫に訊《き》いてみた。

「夜中にさ、ときどき笛の音が聞こえることない？」

「いいや、全然」

うーむ、同じ部屋に寝てても夫の耳に聞こえないのはちょっと不気味だ。ようやく少し、私は恐ろしいような気がしてきた。でも、寝付きの良い夫はベッドに入るとすぐにゴーゴーと鼾《いびき》をかいて眠ってしまうから、聞こえなくて当然かもしれない。

いずれにせよ、私は長年の経験で、ヘンな話は、あんまり深く追求しないほうがいいと知っていた。追求すると身内からでさえ、頭の調子を心配される。だから、笛の話もそれっきりで終わりにした。

ところが、つい一ヶ月ほど前のことだが、珍しく夫と二人で深夜映画をテレビで見ていた。コマーシャルの間に夫がトイレに立った。すると、トイレのほうから夫の口笛の音が流れてきた。

そのとき、私の頭にははっとひらめいたのだった。なんだ、なんだ、真夜中に笛の音が聞こえると思ったのは、あれは口笛だったんだ。いつもちょっと寝呆《ねぼ》けているので、口笛が普通の笛みたいに聞こえて、変だなぁと思っていた。でも、口笛だったら不思議はない。夜中に道ゆく人が口笛を吹きながら歩くのは、いかにもありそうなことだ。

私はすっかり嬉《うれ》しくなった。長年の謎が解けた気分だった。きっとこの近所に、昔の私みたいに夜ふかしで、口笛を吹きながら帰宅する癖のある人がいるにちがいない。やれやれ、そのお陰で睡眠薬による幻聴かと余計な心配をさせられた。

深夜映画が終わったのは午前二時三十分ごろだった。私はベッドに入るときに夫にいった。

「あなた、ようやくわかったわ。前に夜中に笛の音が聞こえるっていったけど、あれ口笛だったのよ。あなたがさっきトイレで口笛を吹いていたんでわかったわ」

すると夫は怒ったような声で答えた。

「ボクはトイレで口笛なんて吹きませんよ。なにいってんだよ」

何度聞き返しても、絶対にトイレで口笛を吹いていなかったという。じゃあ、私が聞いたのは何だったのかしら……とつぶやくと、夫は本当に心配そうにいった。

「ミヨコ、ちょっと疲れてるんじゃない?」

だから困るのだ。自分の周辺の妙な出来事を追求して考えると、ろくなことはない。もう私はそれ以来、笛の音について考えるのはやめた。

元夫の真っ白な家

一年間の間に二回、結婚式を挙げた人を知っている。最初の結婚はお見合いだった。熱心に勧める人がいて一月に結婚した。ところが、どうも相手の女性とうまくいかない。別れるなら早いほうがいいだろうということで、その年の五月に離婚した。

独身になったとたんに、あるパーティで、まさに自分の好みにぴったりの女性と知り合った。たちまち恋に陥った。もう一日だって離れてはいたくないので一緒に暮らそうと申し出た。ところが、恋人の両親は旧式の人たちなので、結婚前の娘が同棲《どうせい》なんて、とんでもないと怒る。じゃあ正式に結婚するしかないという話になった。彼のほうは再婚だが、相手は初婚だから、ちゃんと華々しく結婚式を挙げたいという。そこで十一月に結婚の披露宴をした。

「いやあ、親戚《しんせき》からブーイングが出て大変でしたよ。年に二回も結婚式をやって、二回もお祝い取られるなんて冗談じゃないって、文句いわれましたねぇ」と、その男性は笑った。

たしかに一年に二回も披露宴に呼ばれたら、親戚だって困っただろう。

もう一人の男性は、ある女性と九年間も同棲していた。これだけ長く続いたのだから、この先もまあ大丈夫だろうと思い、正式に結婚した。ところが、結婚して半年目に妻から離婚届をつきつけられた。

「理由？　そんなものわかりませんよ。とにかく同棲していた頃は精神的に自由で、愛があったけど、結婚したとたんに何かが変わったっていうんです。今にして思えば、男ができていていたのかもしれませんねぇ」

とにかく、彼にとっては大ショックだったが、離婚届に判を押した。それから十年、今でもその人は独身だ。

どちらのケースも非常に特殊なケースだ。二人の男性はニコニコ笑いながら話してくれたので、私もついつられて、ゲラゲラ笑ってしまった。

「なによ、それ。そんな話って聞いたことない」といって、さもあきれたように相手の顔を見た。でも実は私だって、あんまり他人様を笑う資格はないのである。なぜなら、三回も結婚しているからだ。

たとえば歌手の五月みどりは、三回結婚したという。私は自分のことを棚に上げ、えーっ、それってすごいなぁ、ちょっと変なんじゃないかと思う。つまり三回も結婚する女の人は、よほど変わっている人だという認識がある。しかし、よく考えてみると、自分はその変わっている人の仲間なのだ。

最初の結婚生活は短かった。正直なところ、あまり思い出したくない。不快な経験ばかりだからだ。

二度目は二十三歳から四十二歳まで、約二十年間続いた。結婚したばかりの頃は、私は主婦兼学生だった。ところが、三十代の初めから物書きになった。英語では文章は書けないので日本語で書いた。誰かの奥さんでいるよりも、自分の名前で仕事をするほうが、よっぽど面白いことに気づいたのだ。

二度目の主人はカナダの大学の教授だった。ごく堅実な人だから、妻が職業を持つにしても、図書館の司書とか、博物館の学芸員とか、何かそういった真面目な仕事に就いてほしいと思っていた。

ところが、私はノンフィクションを書くことを本業にした。すると、しょっちゅう取材のために家を留守にする。編集部の人と打合せをするため日本へ帰る。実質的には、家庭は超スピードで崩壊してしまった。

それでも、なんとか結婚生活が維持できないものかと、最後の十年間は一生懸命に頑張った。三週間おきに日本とカナダを往復するなんていう生活を続けていた。これじゃあ、まるで飛行機代を払うために原稿を書くようなものだった。

そんなに頑張ったのには理由があった。初婚ならともかく再婚である。二度目の結婚も失敗したとなると、まるで自分に人間として大きな欠陥があるような気がする。だからできる限りの努力をした。

しかし、ある日、東京の家で真夜中に原稿を書いていると、カナダに住む夫からファックスが入った。「そろそろこのへんで離婚しましょう」という内容だった。彼は、私より十八歳年長だった。自分も段々年をとっていく。大学をリタイヤした後の生活設計もそろそろ考えたい。いつも家にいない妻との生活にはもう疲れたといった文章が綴《つづ》られていた。

うーむ、来るべきものが来たなあと思った。夫のいうことは当然だった。それに私自身も、夫がリタイヤして日本に来たとしても、仲良く暮らせる自信は全くなかった。

その大きな理由の一つに、彼の異常なまでのきれい好きがあった。台所のカウンターの上にコップ一つでも置いてあると露骨に不快な顔をした。ダイニングテーブルの上も、食事のとき以外は何も置いてはいけなかった。新聞ですら、置いてあると怒り出した。

私はその点は、ひどくだらしなくて、室内などそこそこ片付いていればいいやと考えるほうだった。だいたい人間が生きているということは、大量のゴミを放出することなのだ。ゴミと共存するのが人間の生活だといっても過言ではないと思っていた。

もちろん、離婚の理由はそれだけではない。他にも数々の小さな相違が重なって、離婚という結果になる。ただ、前の夫は大変理知的な人だったので、私たちがののしり合う場面は一度もなかった。

まぁ、やるだけやってみたけれど、どうもダメそうだから、このへんで結論を出そう。早い話が、二人共、新しい生活をもう一度始めるのなら、あんまり年を取らないうちに別れたほうがいいだろう……といった感じの話合いがあって、離婚に合意した。お互いに経済的には自立していたので、金銭的なトラブルもいっさいなかった。

離婚してから一年半くらいたった頃、私はどうしても用事があって、かつて住んでいたカナダの家を訪ねた。その用事が何であったかを書くと長くなるので、ここでは割愛する。とにかく、久しぶりに自分が以前住んでいた家に足を踏み入れて、思わずあっと息を呑《の》んだ。

きれいなのである。実に整然としていて、まるで雑誌に登場するモデル・ハウスのようだ。家具も飾り物も特に変わったようには見えない。しかし、前の夫は、その家を驚くほど整然と掃除をして、清潔にしていた。

「この家って、まるで人間が住んでいないみたいじゃない」と私は内心で思った。

前の夫は愛想良く私を迎えてくれて、いたって居心地良さそうにソファーに座っている。二十分ほど用件を話して、私はそそくさと、かつての自分の家を去った。帰りのタクシーの中でふうーっと、大きく息を吐いた。彼はあの家に一人で暮らしている。自分の趣味に合わせたインテリアにしたのは一目瞭然《りょうぜん》だった。

「そうかぁ、私は余計者だったんだなぁ」

という思いが胸をよぎった。私の洋服、私の本、私の食器……すべてが彼には目障りだったにちがいない。一人で暮らす自由を得て、彼は見事に自分の空間をコントロールしている。

全くもって、お見事という他にないほど、あの家はきれいになっていた。やっぱり別れて正解だったと、あらためて確認した気分だった。

私は離婚して一年後には、他の人と再婚した。しかし、前の夫はずっと独身でいた。共通の知人もいるし、喧嘩《けんか》別れをしたわけでもないので、お互いの消息はなんとなく伝わって来ていた。

彼が独身なのは当然だろうと、ひそかに私は思っていた。あれだけ完璧《かんぺき》で美しい住居に、入り込める女性などいるはずがない。その上、前の夫は独身生活をじゅうぶんにエンジョイしているふうだった。

そして、あれはたしか二年前の十二月二十日だった。私は奇妙な夢を見た。

今まで別れた夫が夢の中に登場したことなど一度もなかったのに、彼が現れたのである。なぜか私は、彼の家を訪ねてドアをノックしていた。すると扉が開き、彼が出て来た。「よく来たね、さあどうぞ」と手招きする。ところが、家の中を見て仰天してしまった。真っ白なのである。壁もカーペットも家具もすべて真っ白けだ。

私はぞっとして立ちすくんだ。よく見ると、彼も白いシャツに白いズボンだ。

「あなたが気に入るかなと思って、全部、白に変えたんだけど」と前の夫はニコニコしていう。私はその笑顔につられてちょっと足を踏み入れたが、また、あわてて玄関口までもどり、「悪いけど急用を思い出したから失礼するわ」といって、あたふたとその家を後にした。

翌朝、目を覚まして、なんとも変な夢を見たものだと不思議だった。だいたい、五年も前に離婚した夫の夢など、なんで今ごろ見るのかさっぱりわからない。でも、夢なんて、いつだって説明不可能な内容が多いから、私はそれ以上は考えるのをやめた。

ところがその晩、午後八時ごろに、前の夫から突然、電話があった。今、日本に来ていて、どうしても会って話したいことがあるので、これから三十分後にお宅の近所に行くというのである。

これには面喰《めんく》らってしまった。私は正式に離婚したのだから、もう過去の清算はすんでいるはずだ。それに新しい夫との生活も順調で幸せだった。しかし、「会いたくない」というのもためらいがあった。彼が急に会いたいといい出すからには、何かよほどの理由があるのだろう。


久しぶりに前の夫に対面して、あまりにも老けてしまったのに驚いた。しかし、私の顔を見るなり、彼がいった言葉にはもっと驚いた。

「実は、ボク、先週わかったんだけど、末期の肺がんで、あと半年の生命だって医者にいわれたんだ」

ひぇっと息を呑んだまま、何もいえない私に向かって、彼はさらに言葉を続けた。

「カナダのあの家で死にたいので、来週、向こうに帰るつもりなんだけど、死ぬ前にもう一度、あなたに会っておきたいと思ってね。あなたと過ごした二十年間が、ボクにとっては一番幸せな時期でした」

いい終わるなり、彼は本当に幸せそうな笑みを浮かべた。私はすっかり頭が混乱してしまい、それは医者の誤診じゃないかとか、今はがんだって治る方法があるはずだとか、むやみに喋《しゃべ》り立てたが、彼は静かに首をふるだけだった。

もう話すこともなくなり、気まずい沈黙が続いたとき、思い切っていった。

「ごめんなさい。私がだらしないから、あなたと一緒に暮らしていた頃、きっとすごく我慢してくれていたのでしょうね」

「いやいや、それが君の生命力なんだよ。だから、いいんだよ」

何をいっても、もうすべては過去の話だった。

彼と別れてから、しばらくたって、前の晩に見た夢を思い出した。そうか、そうか、そういうことだったんだ。彼は真っ白い世界へ行ってしまう。だから、夢の中であんな家に住んでいたんだ。

もしも私が独身でいたら、たとえ離婚していても、彼の最期を看取るくらいはしてあげられたかもしれない。しかし、今の私は再婚して、全く新しい生活を築いている。前の夫のためにしてあげられることは何もなかった。

去年の十一月、私はもう一度、前の夫の夢を見た。真っ白い家のソファーに彼は座っていた。どこか遠くを眺めている。私には横顔しか見えなかった。

翌朝、目覚めてから、「あの人、きっと亡くなった」と思った。ベッドを出て、居間に行き、朝刊を広げると、前の夫の死亡記事が載っていた。夢の中で見た顔が、とてもおだやかだったのが、せめてもの救いだった。神経質で、厳しい表情をよく見せる人だったからだ。

今でもときどき、もしも夢の中で私が手招きされるままに、あの真っ白い家の中にどんどん入って行ったら、どうなっていただろうと考えるときがある。

坂の途中の家

ある時期、その家に住んでいた。五年間ほどだった。都内の比較的交通の便の良い場所にあった。

なにより気に入っていたのは、家が建っている土地の地型《ちがた》だった。崖《がけ》を後ろに背負っているのである。思うに、終戦直後のどさくさのときに、誰かが勝手に崖を切り崩して家を建ててしまったのではないだろうか。

だから、家の前方は道路に面していたが、後方は半分が崖になっている。そして二階の窓からは崖の上の坂道が見えた。その坂道が二階のフロアーと同じ高さなのである。

私たちが家を建てる前には、廃屋のような小屋があった。近所の人に聞いたところでは、その小屋には全身に刺青《いれずみ》を彫った男がひとりで住んでいたのだという。何を仕事としているのか誰も知らないが、お祭りのときだけは張り切って神輿《みこし》を担いでいたそうだ。

とにかく、その男は出て行って、不動産屋が土地を買った。それを更地にして売り出したのを、私たち夫婦が手に入れて、好きな家を建てたというわけである。

一階は寝室だった。ちょっと半地下のような感じの奇妙な部屋だった。冬は暖かくて、夏は涼しい。そんなところも特殊な地型のためと思われた。心配だったのは地震の影響だけだった。もしも裏の崖が崩れてきたら、我が家は完全に土砂で埋まってしまう。そのときは前の道路に飛び出して逃げればいいと呑気《のんき》に考えていた。だいたい、そんな大地震が、自分の生きている間に起きるはずがない。なぜかそう信じていた。

二階はリビングとキッチンがあった。そこの窓からの景色が私は大好きだった。裏の狭い坂道の向こうには、古いどっしりとした石垣がある。鬱蒼《うっそう》とした木も茂っていた。なんだか時間をスリップして江戸時代に飛んだような感じだった。

こんなことは自慢にもならないが、私はひどく怠け者で、毎朝、主人を会社に送り出すと、いつもぼんやりとダイニング・テーブルのところに座って、大きな窓から見える坂道を眺めていた。特殊なガラスを入れていたので、外を歩く人からは、こちらの家の中は見えない。逆に家の中からは、外がはっきりと見えた。

どうも、外を歩いている人には、我が家の窓ガラスは鏡のように映るらしい。よく女子高生とか若い男が坂の途中で立ち止まって、髪の毛を撫《な》ぜたり、洋服の襟を直したりしていた。もちろん、彼らは私が見ていることなどには全く気づいていなかった。

いつしか、坂道を行き交う人を眺めるのが、毎朝の習慣となってしまった。私は子供の頃から、一ヶ所にじっとしていて、ただぼんやりとしていることが多かった。怠惰な性格なのだろう。何かを一生懸命に観察するというのではない。ほんとうに、ぽつねんと座っているだけで、頭の中は空っぽだった。

だから、小学生のときの六年間は、ずっと、通信簿に「集中力に欠ける」と書かれていた。

子供のときの性格が大人になって急に変わるはずもない。中年を過ぎても私は集中力が散漫だ。だから、あの人たちは安心して私の前に姿を現すのかなあと、ふと考えることがある。

あの人たちとは、もうこの世に生きていない人たちである。いや、私にもはっきりとしたことはわからない。彼らがなんだかわからないのだ。あの世とこの世の途中にいる人たちなのか、あるいは、行ったり来たりしている人たちなのか。どうも、正体は不明なのだが、不思議な人たちを街で見掛けることがある。それは十年も前に死んだ知人だったり、現代の人が着ているはずのない服装の人だったりした。

たとえば、私は週に二、三回くらい、ほとんど同じ時間に一人の老人が坂道を上がって行くことに気づいた。

下を向いて、やや暗い表情で、その男性は歩いている。手には布製の袋を持っている。相当に薄汚れていて、古いものだとわかる。年の頃は七十代の半ばくらいだろうか。背が低くて少し前屈《まえかが》みでゆっくり歩いている。

ああ、あのおじいさん、また今日も来たと思いながら、私は彼が行き過ぎるのを見ていた。そんなことの繰り返しのある日、ふと、何か変だなあと思った。

おじいさんの着ている服についてである。

カーキ色の上下で、足にはゲートルを巻いている。あんな服は今の東京のどこを探したって売っていないだろう。なんというのか、戦争中の日本人が着ていた国民服というのが、あのようなものだったのではないだろうか。戦後生まれの私は、国民服の実物を見たことがないから、よくわからないけれど、かつて写真で、伯父が国民服を着ていたのを記憶している。それとそっくりだ。

なぜ、戦後半世紀以上がとっくに経過しているのに、おじいさんはいつまでも国民服を着ているのだろう。急に私は気になった。

そういえば、おじいさんの姿は全体に白茶けて見えた。色が薄くてはっきりしない。

ある日、夫が珍しく風邪をひいて仕事を休み、自宅にいた。遅い朝食をとった後、夫は薬を飲むために、ダイニング・テーブルを前にして座った。

水をコップに入れて台所から運んで来た私は、何の気なしに外に眼を向けると、あのおじいさんが、ゆらゆらと坂道を上がってくる。

あっと思って、夫に尋ねた。彼は昭和十六年生まれなので、もしかしたら、国民服なるものを知っているかもしれないと思ったのだ。

「ねえ、ねえ、あのおじいさんの着ている服って、なんか変じゃない?」

私が指差すと夫は眼を何度かこすった。

「誰も歩いていないよ。外の坂道だろ」

「うん、ほら今、真ん中へんにいるじゃないさ」

「いないよ。誰も歩いていないってば」

面倒くさそうに夫は答えると、ぐいとコップの水を飲んで薬を喉《のど》に流し込んだ。

私はそれ以上は何もいわなかった。

夫はふっとため息をついた。

「この家に引っ越して来たときから、あんたが、あの坂道で、何か見るんじゃないかって心配していたんだよね。実は、去年ここに来た直後に、家の前で近所のおばさんにとっつかまってさ、お宅の裏の坂道については四十年ほど前に騒ぎがあったって聞かされていたんだ」

「騒ぎって？」

「いや、なんかこの道路は自分の所有地だって主張する住民が何人かいて、結局はよくわからないんだけど、『ちょっとした事件もあったんですよ』って、その人がいってたよ。ボクは興味もないから、それ以上詳しい話は聞かなかったけど、傷害事件でもあったのかなあ」

「そうだったの。そういえば、私も家が建つ前は、この坂道が夜になると真っ暗で、痴漢が出没するような無用心なところだったので、お宅ができてほんとうに良かったって、見知らぬ女の人に道路でいわれたことがあった」

そんな話をしているうちに、いつしか不思議な老人の姿は消えてしまった。

ただ、私の胸の底には、どうにも割り切れない思いが残った。夫は裏の坂道で、私が何か見るのではないかと心配した。ということは夫も何かを感じていたということか。

それから少し注意深く観察していると、道行く人の中にも、なんだか全体の輪郭がぼんやりしている人がいる。うまくいえないのだが影の薄い人とでも表現したらいいのだろうか。それは、あの国民服のおじいさんだったり、なぜか真冬でも半袖《はんそで》の白い制服を着た看護師の女性だったりした。

私はもう、あまり窓の外を眺めなくなった。新しい家に住み始めて一年くらいが経過すると、最初は珍しかった裏の坂道も、いつしか日常と化してしまったし、夫のいうとおり、やたらと妙なしろものにうろうろされても困るなという懸念が、こころの片隅にあったからだ。

そして、あれは私たちが引っ越して二年ほどたった頃だったろうか。突然、裏の坂道で工事が始まった。あっという間に私が毎日眺めては愛《め》でていた美しい石塀は取り壊されてしまったのだ。

これはショックだった。この石塀が気に入っていたからこそ、リビングに大きな窓を作って、いわば借景として楽しめるようにしたのだ。それなのに、たった三日間の突貫工事で、見事に石塀はなくなった。石塀のあった家も壊された。持ち主が不動産屋に土地を売ってしまったのである。

ずいぶんと広い敷地だったらしくて、家がなくなった跡地に、四軒もの建売住宅が作られた。私の眼から見ると、なんだかチマチマとした玩具《がんぐ》の家みたいだった。

それでも駅から二分で、都内の中心部という地の利もあってか、四軒とも短期間で買い手がついて、三十代とおぼしき若夫婦ばかりがぞろぞろと引っ越して来た。

その中の一軒の家の奥さんがわざわざ引っ越しの挨拶《あいさつ》にみえた。ほっそりとした美人の奥さんだったが、なんと五人も子供を連れていた。一番上の子が小学生で、下は生まれたばかりの赤ちゃんだった。

「まあ、少子化の時代に五人もいらっしゃるなんて、お珍しいですねえ」と私は思わずいってしまった。

「ええ、ですからご挨拶に上がりました。なにしろ子供たちがうるさくて、お宅にご迷惑を掛けるんじゃないかと心配だったものですから」

奥さんは、こちらが恐縮するほど何度も頭を下げて帰って行った。

「気持ちだけですが」といって置いていった手土産は外国製の鮮やかな色合いのタオルだった。

しばらくすると、私はなぜ、あの奥さんがそんなに気を遣ったかがよくわかるようになった。狭い敷地に押し込むように建てられた四軒の建売住宅には、もちろん庭などはない。すると子供たちはどこかに遊び場所を探さなければならない。我が家の裏の坂道は子供にとっては絶好の遊び場所となったのである。

なにしろ、坂道は幅があまりに狭くて、しかも途中から階段になっているので自動車は通り抜けができない。通行人も少ない。だから就学前の幼い子供でも安心して遊べる。

静かだった環境は激変した。昼間は子供たちが集まってきゃーきゃーいいながら、石蹴《いしけ》りや隠れん坊をするようになった。

うるさい。たしかにうるさいのだが、私は文句はいうまいと思っていた。子供が遊ぶ場所がないのは可哀相だ。なにより、家のなかでテレビゲームばかりしているくらいなら、猫の額ほどの広さの坂道でも、あったほうが子供たちが昔ながらの遊びができて良いに決まっている。だから我慢しようと思った。

私は何度か、あの五人の子供のお母さんが、わが子を引き連れて、坂道を上り下りするのを見掛けた。逞《たくま》しいものだと思った。しっかり赤ちゃんを背負って、さらに二人の手を引いている。その後から、もう小学生の男の子と女の子が続く。まさに一個連隊だった。

夫は日曜日などに書斎で仕事をしていると、小さな子供のはしゃぐ声が響いてうるさくてたまらないと、こぼしていた。そうはいっても、まさか子供たちにうるさいとはいえない。夫はかなりいらついていたと思う。

そんなある日、私は新顔を見た。裏の坂道である。いつも子供の手を引いているお母さんが通りかかった。

相変わらず威風堂々と五人の子供を引き連れているなあと思っていたら、もう一人、今まで見たことのない女の子が少し遅れて、大きなゴムのボールを手でつきながら上って来た。

真っ黒いおかっぱ頭に赤いスカートをはいて、白いブラウスを着ている。その子の顔はうつむいているためによく見えない。あんなに夢中になってボールをつきながら歩いていたら、足元が危ないのではないかと心配になった。

おそらくは、五人の子連れの奥さんのところに近所の子供でも遊びに来たのだろうと私は推測した。それにしては、子供たちがその女の子をまるで無視するかのように、どんどん先に行ってしまう。いったいあの子はどこの子なのだろうという興味を感じた。

そのときからだった。おかっぱの女の子は、よく坂道を歩くようになった。一人きりのときもあった。あるいは、あの五人の子供がいる家族と一緒のこともある。

だが、私はその子がどんな顔をしているのか、よく見えなかった。なにしろいつも下を向いてボールを手でつきながら歩いているからだ。よほど、そのボールが気に入っているのだろう。

それは私が子供の頃にいつも遊んだドッジボールに使ったものに似ていた。赤茶色のゴムでできているボールだ。私はあのゲームが大嫌いだった。意地悪な男の子がクラスにいて、なぜか私ばかりを目がけてボールを投げつけてくるので、最後は泣き出した。

しかし、あれは終戦から十年くらいしかたっていない時代の遊びだ。はたして今の子供がドッジボールなどをやるのだろうか。それも私にはわからなかった。

初めは女の子は五人の子供のところに遊びに来た子だと思い込んでいたが、どうもそうではないようだ。それでも、あそこの家の子供たちと連れ立って歩いていることが圧倒的に多いので、親戚《しんせき》の子かなあとも考えた。どうでもいいのだが、なんだか、その子の姿は気になった。

ある日曜日の晩、夫が夕食を食べながらぽつりといった。

「うるさくってさあ、仕事にならないんだよなあ」

「えっ何が？」

「うん、あの坂道をさ女の子が一日中、ボールをつきながら行ったり来たりしているんだよね。今日は家で少し仕事をしたいと思っていたんだけど、ボールをつくトントンっていう音が耳についちゃってはなれなくって、全然仕事にならなかった」

「そんなに長い時間、子供たちが坂道で遊んでいたかしらねえ？」

「子供たちじゃなくって、あの女の子だけだよ。いったい親は何をしているんだろう。

あの子は昼飯の時間も一人ぼっちで遊んでいたよ」

「そう。じゃあちょっと注意してみましょうか」

「でもなあ、あそこは家の敷地じゃなくて道路なんだから、遊ぶなともいえないし。困ったもんだ」

夫は仕事人間で、いつも土曜日も日曜日も自宅で仕事をする。音に関しては敏感だった。私は週末は仕事をさぼって友達と食事やショッピングに行くことが多いので、彼ほど被害は感じなかった。

やれやれとため息をついていた夫は、はっと気づいたように口を開いた。

「そういえば、あの子はどこの子供なんだろう。だいたいの子供はどこの家の子かわかっているけど、あの子だけはわからない。

初めはあの五人子供のいる家の子の友達かと思ったけど、そうでもないみたいだね。一人のことも多いよ」

「うーん、きっと近所の子供で、お母さんが働いているんじゃない。だから、昼間は一人ぼっちでボールと遊んでいるのよ。なんか可哀相みたい。あなた、怒ったりしないで」

「わかっているよ」

夫はあきらめた顔で、ご飯茶碗《はんぢゃわん》をテーブルに置いた。

そんな会話を夫と交わして、一ヶ月もたたない頃だった。もう食事も終わって、夫と二人で、のんびりと旅行の話をしているときだった。

私たち夫婦には子供がいないので、別に財産を残す必要もない。だから持っているお金は貯金をしないで使ってしまうという方針だったので、よく二人で旅に出る。今度はどこにしようかなどと他愛《たわい》のない話をしていたら、裏の坂道からトントンと、あの女の子がボールをつく音が聞こえてきたのである。

私たちは思わず顔を見合わせた。時計の針はもう午後十時をとっくにまわっていた。こんな時間になぜ子供がボール遊びをしているのか。なんとも不自然だった。

「今どきの親は無責任だなあ。子供が夜遅くまで外で遊んでいても知らん顔なんだ」

怒りを含んだ声で夫がいった。私も一緒に頷《うなず》いた。それにしても、暗い戸外にいるその子が不憫《ふびん》でならなかった。といってよその子に「家へ帰りなさい」と叱るわけにもいかずに黙っていた。

もうその時点で、私たちは何か変だと気づくべきだったのかもしれない。今になるとそう思う。しかし、ほんとうにわからなかったのだ。鈍感だといわれるかもしれないが、ただ、女の子が哀れだと思うだけだった。

月日の流れるのは早い。仕事に追われ家事に追われているうちに、いつしかその坂の途中の家で、私たちは五年目のお正月を迎えた。

何も変化はなかった。ただ、坂道の人の往来が以前より激しくなったくらいだった。近所には建売住宅やマンションがすごい勢いで建設されていた。世にいうミニバブルの時代だったのかもしれない。

都会の喧騒《けんそう》も、お正月だけは静かになる。故郷のある人は里帰りするし、海外旅行を楽しむ人もいる。人通りがまばらとなった元旦《がんたん》の街は、それなりに風情があっていいものだ。

夫と二人で形ばかりのお節料理を食べて、健康に新しい年を迎えられたことを祝った。

その晩だった。私は寝苦しくてなかなか寝つかれないでいた。枕元の時計の針は午前二時をさしていた。夫は高鼾《たかいびき》で寝ている。

するとトントンと裏手の坂道から聞き覚えのある音が響いてきた。あの女の子がボールをついている音だ。もう何十回となく耳にしてよく知っている音だった。

ぞーっと鳥肌が立った。正月のこんな時刻に子供がボール遊びをしているはずがない。ということは、あの子はこの世の子ではなかったのか。だとしたら、今までのすべての謎が解けると思った。

それから四ヶ月後、私たちはその家を売って引っ越しをした。夫も私も特に理由を話し合うこともなく、ただ、どこかに移ろうと決めた。今でも、私は夫に、あの真夜中に聞いたボールの音の話はしていない。

さまざまな“人”が行き来した坂道

バリ島の黒魔術

このところインドネシアのバリ島にはまっている。特に気に入っているのは、ヴィラ・アイル・バリというホテルだ。

ホテルといっても、すべてが一棟建てのヴィラで、それが一ヘクタールの敷地内に十六棟ある。

リビングとキッチンはオープンエアーのスペースで、寝室はガラス戸で閉められるようになっている。魅力はプライベート・プールがあること。インテリアもお洒落《しゃれ》で、サービスが行き届いている。いや、それだけではなくて、カジュアル・フレンチのレストランが、同じ敷地内にあるのだが、これがめちゃくちゃ美味《おい》しい。

併設されているスパも、なんともいい雰囲気である。午前中はスパでバリニーズ・マッサージを受けて、まったりとして、午後はプールで水遊び。夜はフレンチに舌鼓を打つという、なんとも理想的な老後の日々が繰り返される。

ただし、問題は来年六十歳になるわが身が、まだ本格的には老後ではないことだ。棺桶《かんおけ》に片足くらいは突っ込んでいるのだが、実際にはそう長くは休みを取れない。いつも後ろ髪を引かれる思いで一週間ほどの滞在が終わると帰国する。

当然ながら、東京の我が家に戻っても、未練たらしく、ヴィラ・アイル・バリを思い出して、ため息をつく。

「この世の楽園って、ああいうところを指すのよね」と私が、いつものように、回想モードに入っていると、夫が私の顔をじっと見据えていった。

「でもねえ、バリって、けっこう怖いところでもあるんだよ」

「怖いって、何が？」

「うん、そうだなあ、あれはもう三十年くらい昔かなあ。友人の娘さんが、すっかりバリを好きになって、せっせと通っていたんだよ。たしか美佐子ちゃんっていったなあ」

美佐子さんは、当時、ある中堅の出版社に勤めていたそうだ。二十八歳のときに、仕事でバリに行って、その魅力の虜《とりこ》になってしまった。それ以来、年に数回はバリを訪れるようになった。

ご両親もなぜ、娘がそんなにバリに夢中なのか、まったくわからなかった。よほど、風光明媚《めいび》で人情の厚いところなのだろうというくらいにしか、思わなかった。

ところが、ある日、美佐子さんのお父さんが、憔悴《しょうすい》しきった顔で、夫の会社に現れた。近所の喫茶店で話を聞くと、娘が突然、結婚するつもりだといって、会社を辞めて、バリへ行ってしまったのだという。

相手の男はインドネシア人だ。バリ島で知り合った。それならそれでかまわないが、なぜ日本に来て、両親に挨拶《あいさつ》をしないのかとお父さんが詰問すると、そんなお金はないとの答えだ。結婚式の費用などは、もちろん出せない。

結婚式も挙げられないような経済状態の男が、どうやって、これから先、妻を食べさせていくのかと尋ねると、美佐子さんは、ただ沈黙していた。

とにかく、家族や友人にろくな説明もなく、彼女は身一つで、海を渡って行った。

美佐子さんのお母さんは、心配のあまりに体調を崩して寝込んでしまった。

それから一年後に、美佐子さんは前触れもなく実家に帰って来た。しかし、その姿を見て、ご両親は愕然《がくぜん》としたという。元気で明るく、生き生きとしていた娘が、すっかり痩せ細り、身なりもボロボロのジーンズにTシャツで、老婆のような顔をしていた。

いったいバリで何があったのか、ご両親は知りたかったが、娘は口を閉ざしたままだった。やがて、美佐子さんの親友の女性から、少し事情を聞くことができた。

美佐子さんは、バリで出逢《であ》った自分より五歳年下のガイドの男性と恋に落ちた。それで、自分の預貯金をすべて持ち出し、彼の元へと走ったのだった。

しかし、一緒に暮らしてみると、相手は典型的なジゴロだった。日本人の女に次々と手を出してはお金を巻き上げていた。美佐子さんも、その一人に過ぎなかった。それでも、彼女が一年間もバリ島にとどまったのは、彼に黒魔術をかけられていたからだという。

「それから先の話はボクもよく知らないよ。あんまり気の毒で、直接は聞けなかった」と夫は首を横にふった。

なんでも、美佐子さんは、まるで虚脱したような感じで、あまり喋《しゃべ》らず、一日中ただぼんやりとしていたらしい。もちろん、社会復帰ができるような状態ではなかった。やがて夫が聞いた風の便りでは、彼女は結局、ご両親によって精神病院に入院させられたという。その何年か後に自殺したという噂も耳にした覚えがあるそうだ。

「えー、それって、何があったのかしら？」

私はひどく気になった。美佐子さんはバリで黒魔術にかけられたというけれど、そんなものが本当にあるのだろうか。あんなに美しい島で、優しい微笑みを浮かべた人たちが、どうやって黒魔術なんて、使うのだろう。美佐子さんの話は彼女の友人の推測に過ぎないのではないかと思う半面、もしかしたら、まだ、この世には理性を超えた現実があるのかもしれないという気もした。

そう思うとバリは、夫のいうとおり、少し恐ろしいところなのかもしれないが、そんな一面が面白そうでもあった。

猛烈に興味を抱いた私は、今年の六月にバリへ行き、ヴィラ・アイル・バリに滞在したときに、ホテルの関係者であるアディさんに黒魔術について尋ねてみた。彼は英語が堪能《たんのう》で、非常に聡明《そうめい》な青年だった。

「まさかバリにはブラック・マジックなんて、もう存在しませんよね」と私が質問すると、彼はやや困ったような表情を浮かべて、

「いや、ブラック・マジックは今でもあります」と答える。

「アディさんの知っている人で、ブラック・マジックを使う人がいるんですか？」

私がごく気楽に尋ねると、アディさんは、しばらく沈黙した後に口を開いた。

「これは、すごく難しい問題なんです。なかなか簡単には説明はできません。あなたは、このことについて真剣に知りたいのですか？」と聞かれたので「もちろんです」と私はうなずいた。

それならば、ゆっくり話します。といって、その晩、アディさんは、わざわざ私たちが泊まっているヴィラに訪ねて来てくれた。彼から聞いた話は、日本人の私には信じるのが難しい内容だった。だが、繰り返すがアディさんは、教養もあり誠実で、き

ちんとした人だ。口から出まかせをいうとは、とても考えられなかった。しかも、それはアディさんが、誰かから聞いたのではなくて、彼が実際に体験した話だった。

今から十五年ほど前である。アディさんがまだ高校生だったときの出来事だ。

アディさんには、独身の叔父さんがいた。その頃三十歳だった。高校の先生をしていたが、ある女性と同棲《どうせい》中だった。お互いの両親にも公認されていて、その女性がまだ大学生の頃から、一緒に暮らしていた。

当然、二人は結婚するものと誰もが思っていた。ところが叔父さんは心変わりしてしまった。

「その理由がちょっと問題なのですが、つまり、その、彼女はあまり美人じゃなかったんです。はっきりいってブスでした。それで嫌になっちゃったんでしょう」

同棲を解消した叔父さんは、自分の生家に戻って来た。それからだった。異変が起きたのは。

夜になると、身体が痛いという。しかし、どこが痛いのかわからない。本人は七転八倒して苦しんでいる。

昼間も、ただぼんやりとして、まったく働こうともしない。なぜか別れた女性の顔ばかりが脳裏に浮かんでくる。もう顔を見るのも嫌なのに、振り払っても振り払っても、彼女のことばかり思ってしまう。

さすがに家族も心配になった。一年以上も叔父さんは病気で、まったく仕事をしなかった。病院へ連れて行っても、どこも悪いところはないといわれる。彼は精神を病んでいるのだと、周囲の人がみんな思った。

こういうところは、夫の友人の娘さんである美佐子さんの症状とよく似ている。

そんな中で、アディさんのお父さんが、はっと気づいたのだという。これはもしかしたら、黒魔術にかけられているのではないかと。そこで、知り合いのバリアンに相談をしてみた。

「そのバリアンというのは誰ですか?」と私が口を挟むと、アディさんは、以前よりも、もっと困惑した顔を見せた。

「つまり魔術師ですか?」と私が尋ねると、まあ、そのようなものだが、バリには黒魔術と白魔術とがあって、それを同じバリアンが使い分けることもあるので、かなり複雑なのだという。

ここで話がバリアンの解説に移ると、ややこしくなるので、とにかく先に叔父さんの身の上の続きを話してもらうことにして、バリアンのことは、後まわしにした。

さて、アディさんのお父さんが、叔父さんをバリアンに診せたら、やはり黒魔術をかけられていたのである。そこで、治療ということになった。それはアピティエという村に住むバリアンだった。その治療にアディさんも一緒についていった。


「だから、これは私が実際に目にしたことです。初めは私もバリアンを信じていませんでした。しかし、どうしても信じざるを得ない光景が目の前で繰り広げられたのです」

バリアンはオイルの入ったボトルを手にしていた。これは病気の患者の治療に使うものだ。最初に、バリアンはそのボトルをアディさんの皮膚に当てた。まったく、なにも感じなかった。痛くも痒《かゆ》くもない。

ところが、バリアンが、おもむろに、そのボトルを叔父さんの身体に当てると、猛烈な勢いで痛がるのである。その場にいた男の人たちが、四、五人かかって、ようやく叔父さんの身体を押さえた。そうしないと治療ができないからだ。叔父さんは泣いて痛がった。

「そんな治療を約一年くらい続けました。つまりバリアンが魔術をかけている相手と戦うのです。そして、ボトルによって、魔術を解くのです」

それでも後遺症は残った。叔父さんがすっかり健康になり、仕事にも復帰して、新しい女性と結婚するまでには十年の歳月が必要だったという。

「しかし、私の叔父はラッキーなほうです。なかには、バリアンの治療を受けるのが遅くて、死んでしまった人もいるのです」

アディさんの言葉に私は驚く。誰かを呪い殺す能力のある魔術師なんて、この世に存在するのだろうか。

「いますよ。つい最近も知り合いの娘さんが、バリアンに魔術をかけられて死にました。可哀相なことをしました」

その女性の場合は、大学を卒業すると、ロンボクにある役所に就職をした。そこでは上司たちが業者から賄賂《わいろ》を受け取っていた。若くて潔癖な彼女は、仲間に入るのを拒否した。すると上司たちは、もしかして、彼女から不正行為を告発されるのではないかと心配になった。ついには、バリアンに彼女を呪い殺すように依頼したのである。

アディさんの叔父さんと同じく、彼女も動けなくなり、身体の不調を両親に訴えた。しかし、病院へ連れて行って検査をしても、原因はわからなかった。

これは普通の病気ではないと気づいた父親が娘を伴って知り合いのバリアンを訪ねた。

バリアンが祈禱《きとう》すると、彼女の身体の皮膚からは、いろいろなものが出て来た。それは人間の毛髪だったり、椰子《やし》の葉だったり、塵《ごみ》のようなものだったりした。年配のバリアンは彼女を見て、「私のところに来るのが遅すぎました。私には、この人を助けることはできません」と父親に宣告した。

誰かが、遠くから魔術をかけている。こちら側のバリアンが戦っても、どうにも対抗できない場合があるのだそうだ。

実際、その娘さんは、半年ほどで息を引き取った。汚職をしていた連中が、黒魔術をかけて、真面目な若い部下を呪い殺してしまったわけである。そんな理不尽なことが、本当にまかり通るのだろうか。

「残念ながら、これは真実です。バリアンのレベルが高いと、殺そうと思った相手に、すごく遠くからでも魔術をかけられるのです」

「でも、どうやって、そんなことを？」

せき込むように私が尋ねると、アディさんが答えた。

「それは、殺したいと思う相手の持ち物を、まず手に入れるのです」

「たとえば、どんなものですか？」

「そうですね、爪とか髪の毛とか、足跡とかです」

「それで？」

「たとえば、髪の毛だとしたら、それにマントラをかけて、その人の家の玄関の前に埋めます。それで離れた場所から、エネルギーを送るのです。これから逃れるのは、もう難しいです」

アディさんは、髪の毛を手にするような動作をして、じっとそれを見つめ、低い声でマントラを唱える真似をしてみせた。

私は、なんだか背中がぞくっとした。怖かった。アディさんの顔にバリアンが乗り移ったみたいだった。

つまり、ここバリでは、自分が殺したいと思う人間がいたら、なんとかその人の持ち物を手に入れて、バリアンに頼めば、地上から消してしまうことが可能なのだ。

では、もし、私が日本の誰かを殺したいと考えて、その人の毛髪を持ってバリに来たら、殺人を依頼することはできるのだろうか？ つい物騒なことを考えてしまう。

「それはですね、簡単ではありません」

アディさんは、ゆっくりと言葉を選んで答える。

バリアンに何かを頼むのには、まず、相手を信じていなければならない。疑っていたら、その気持ちはバリアンに伝わる。

そして、お金で依頼することはできるが、必ずしも引き受けてもらえるとは限らない。なぜなら、最後は呪いをかける人と、かけられる人との戦いになるからだ。バリアンの力が弱いと、バリアンそのものが死んでしまうケースもある。

それにしても、いったいバリアンというのは、どんな人たちなのだろう。どこに住んでいるのかとアディさんに問うと、いろいろな地域にいて、主に人から人へと話が伝わって、その存在が知れるのだという。

バリアンにお守りを作ってもらうこともよくあるそうだ。そりゃあ当然だろう。へたに誰かの恨みを買って、呪いをかけられたら、たまらない。私だって、ちょっと怖くなっているくらいだから、お守りを持っていたいという現地の人たちの気持ちはよくわかる。

ところが、そのお守りも弱いバリアンが作ると、逆に自分に害を及ぼすこともある。つまりは、バリアンの実力によって、すべては決まるようだ。

アディさんの表現を借りるならば、バリのマジックにもさまざまな「ステージ」があるらしい。それが高いほど威力がある。

それから、アディさんが、この「ステージ」について解説してくれたが、正直なところ難しくて、私にはよく理解できなかった。

とにかく複雑なのである。白魔術と黒魔術と両方を使うバリアンがいるということとは、人間を殺すために呪いをかけたり、それを解いたりするのだろうか。ずいぶんと忙しい話だ。

バリアンは自分の住処《すみか》を知られるのを嫌がる。写真を撮るのなどは、もってのほかだそうだ。ただ、都会の真ん中にいないのは確からしい。ウルワトゥとか少し田舎に行くと、今でもバリアンがいて、彼らにまつわるエピソードもたくさんある。

バリアンに会いに行きたいという言葉を、私はもう少しのところで呑《の》み込んだ。もしもバリアンに会って、目の前で、マジックを見せられたら、私は自分の神経を正常に保てるかどうか、自信がなかった。それに、バリアンに殺人を依頼できるという衝撃的な事実と自分がどう向き合うのかも不安だった。

なにしろ、バリアンによっては、相手をすぐに殺せることもあるというのだ。誕生日とか相手の状態とか、さまざまな要素が重なって、ときには殺人がひどく早く実行されてしまう。

私はゆったりとした時間が流れる美しい南の島の、思いがけない一面を知って、驚嘆していた。そして、あまりこれ以上、バリアンには深入りしないほうが良いと本能的に察知した。

なぜなら、バリアンは誰かを呪い殺してくれるのと同時に、自分がバリアンによって呪い殺される可能性もあるのだ。

まさか、そんな馬鹿なと笑い飛ばせない真実味がアディさんの言葉からは感じられた。

彼が二時間ほど、私たちのヴィラで黒魔術の話をしてくれた後では、なんだか周囲の風景が少し違って見えた。ヴィラを取り巻く闇の深さが、しんしんと伝わってきた。

「アディさん、黒魔術をかけられないようにするには、どうしたらいいの？」

ヴィラの門を出ようとするアディさんの後ろ姿に、私は声を掛けた。心細かったからだ。

「それは神様です。神様がこの世で一番強いのです。毎日、神様にちゃんとお祈りすれば、必ず守ってくれます」

白い歯を見せてアディさんは、にっこりと笑い、軽く会釈をして去っていった。

そうか、神様かと私は小さくため息をついた。この島の人々は信心深い。いつも神様にお供え物をして、お祈りをしている。それは邪悪な呪いから身を守るためだったのか。

ふと明治時代に日本に来た、ラフカディオ・ハーンを思い出していた。彼もまた、異国で神々をみつけて驚き、感動し、それを文章に残した。このとき私も怯《ひる》まずに、バリアンについて、もっと勉強してみようかという思いが、ふいに胸の片隅を横切ったのだった。

バリ島のホテル「ヴィラ・アイル・バリ」のフロント

霊感DNA

姪《めい》は不思議な子供だった。

今はもう、あの子も四十歳ちかくなってしまったが、彼女が生まれた日のことは今でも、はっきりと憶《おぼ》えている。

二歳年長の姉が産んだ初めての赤ん坊だった。まだ二十歳を過ぎたばかりの私にとっては、新生児を目にするのも物珍しくて、小さな手足を震わせている赤い皺《しわ》だらけの生き物をじっと見つめていた。

まさか、このときは、自分が生涯、子供を持たないとは夢にも思っていなかった。しかし、結果的には私は子供に恵まれなかったし、姉を含めて他のきょうだいも、これ以後、子供を産まなかったので、姪だけが、我が家のDNAを引き継ぐ唯一の存在となった。もっとも腹違いの兄には男の子が一人いたが、こちらは、ほとんど付き合いがなくて身内という感覚は希薄だった。

あれは十二月二十四日、つまりクリスマスイヴの夕方だった。姪が誕生したのと同じ日の昼過ぎに、私の祖父の工藤哲朗が息を引き取った。

これについては、奇妙な話が伝わっている。たまたま、私の姉はお産のために両国の病院に入院していた。そこは祖父が昭和初期から開業していた写真館から、歩いて五分とかからないところにあった。

すっかり老衰して、写真館の二階にある和室で寝ていた祖父のところに、曾孫《ひまご》が誕生したと知らせに走ったのは、私の母だった。

「おじいちゃん、女の赤ちゃんが生まれましたよ」と母が祖父の耳元でささやくと、祖父は嬉《うれ》しそうに「おお、そうか」と頷《うなず》いて、また、深い眠りに入り、その三時間後には、もうこの世の人ではなくなった。

その日は母にとっては超忙しい一日となった。なにしろ父親が亡くなり、初孫が生まれたのである。母は何度も病院と自分の実家である写真館を往復した。通夜や葬儀の手配もしなければならず、といって孫や娘の健康も心配だった。夜になって、母がようやく病院にもどると、看護師さんが、母に尋ねた。

「あのう、今日の夕方、ちょっと気になるお電話があったんですが」という。

なにかと訊《き》くと、ひどく弱弱しい男の人の声で、姉の名前をいって、母子の健康状態はどうかと尋ねたそうだ。看護師さんは、お元気ですよと答えると安心したようなため息をついて先方は電話を切った。名前も名乗らず、姉に付き添っていた夫に電話を代わってくれともいわなかった。なにより、そのか細い声が耳の底に残ったという。

「変ですねえ」と母は首をかしげた。姉が無事に出産したのを知っているのは、まだ家族だけだった。その家族とは、母と私と姉の夫の三人だった。父は私が幼い頃に母を捨てて新しい女の人と家庭を持っていた。そちらにも子供がいたので、姉の出産にすぐに駆けつけて来るような関係ではなかった。

「その電話って、おじいちゃんじゃない」と私はとっさにいった。別になんの確信があったわけでもない。ただ、祖父は私の母を溺愛《できあい》していた。一人娘だったために、贅沢三昧《ぜいたくざんまい》して育ったのが私の母だった。娘の我儘《わがまま》をかなえてやるのが祖父の生き甲斐《がい》だったと親類がみんないう。

だから、最愛の娘に孫が生まれたら、それが気になって仕方がなかったろう。それで、もう自分はこの世の人ではなかったけれど電話を掛けてきたにちがいない。私はそう推理したのだった。

「馬鹿なことといわないでよ。病院に電話があった時間っていうのは、おじいちゃんが、とっくに死んじゃった後だし、それが看護婦さんの勘違いで死ぬ前だったとしても、電話なんか掛けられる状態じゃなかったのよ。起き上がることもできなかったんだから」

母は忙しい上に疲れているところに、またミヨコが変なことをいい出したと思って腹が立ったようだ。ただ、姉だけは「そうねえ、おじいちゃんが心配してくれたのかも」と小さく呟《つぶや》いた。

今でも、この電話の謎は解けていない。ただ、この奇妙な出来事から、私は自分の家系には、もしかして特殊な遺伝子があるのかなあと、ぼんやり思ったのは事実だった。

子供の頃から変わった現象は日常茶飯事だったが、大人になってからも、キッチンの鍋《なべ》類が、突然がたがたと音を立てて動くのはしょっちゅうだった。それを友人に話すと、そんな経験は一度もないと皆が一様に答えた。そこで、もしかしたら、自分は怪奇現象に遭遇しやすい体質なのかと考えたこともある。

だが、姪が誕生するまでは、その体質が遺伝だとは思わなかった。ただの、ちょっとした偶然だろうとしか受け止めなかった。

しかし、姪が亡くなった祖父の生まれ変わりであり、しかも祖父があの世から電話を掛けてきたのだったら、この子は何か特別なものを備えているのかもしれないと想像したりしたのだった。

その姪だが、彼女が生まれた直後から、姉夫婦はうまくいかなくなり、姉は乳飲み子を連れて実家に帰って来た。

まだ、実家でごろごろしていた私は、たちまち新しい家族に夢中になった。姪は色白のきれいな赤ちゃんだった。もう、ひたすら、意味もなく姪のことが可愛くて可愛くて仕方がなかった。まもなく、私はカナダへ渡り、そこで二十年近く生活することになったのだが、年に数回も里帰りをしたのは姪の顔が見たいからだったといってもよい。

つまり、子供のいない私にとって姪は実の娘も同然だった。また、姪もよく私になついてくれたので、私はすっかり母親気取りだった。

あれは姪が小学校に通っていたときのことだ。東京に帰った私と一緒に道路を歩いていると、途中で姪がさかんに私の手を引っ張る。

「なあに?」と訊くと「おばちゃん、マンホールの蓋《ふた》を踏んだらダメよ。不幸になるから、こうやって避《よ》けなきゃ」と答えて、姪は道路の上のマンホールから逃げるように右へ歩みをそらせた。

「そんなの迷信よ」と私はわざとマンホールの蓋をとんと踏んで歩いた。

「あーあ、おばちゃんは、もうすぐ不幸になる」と姪は悲しそうにいった。

変なことをいう子供だと私は、姪の顔を見た。すると姪は、私を見返して強い光を放つ眼で尋ねた。「ねえ、おばちゃん、もし今、この道端に櫛《くし》が一個落ちていたら、いったいどうする？」

「なんで、そんなこと訊くのよ？」

「いいから。これはおばちゃんの性格を知るためにあたしが考えたテストなの」

「ふーん」と私は押し黙った。

あらためて姪《めい》を見ると、ほんとうに整ったきれいな顔をしている。私の両親は、どちらも色黒で、南方系の顔に近いのだが、姪は京人形のように日本的な顔立ちだ。姉の別れた夫は関西の人だったが、彼の母親に姪はよく似ていた。ぼんやりと、姪の白い頬を眺めていたら「おばちゃん、どうする？」と姪がたたみかけるように問いかけてきた。

「そうねえ、櫛なんて気持ち悪いし、誰が落としたかわからないものなんて拾わないから、そのまま通り過ぎるだろうな」

「あっそう。わかった」

姪は私とつないでいた手を、大きく振った。

なにがわかったのか私は知りたかった。

「うん、つまりね、おばちゃんは冷たい性格の人なの。残酷な人かもしれない」

まだ十歳の子供に「残酷な人」といわれたのには、怒るより笑ってしまった。

「おばちゃんが、どうして残酷なのよ？」

「それはね、答えがあるの。櫛を拾わない人はこころが冷たくて、櫛を眺めて立ち止まる人は普通のひと。手に取ってみる人は優しい人。櫛はその人のご先祖さまなの」

「へえ、ずいぶんと難しい話だわね。誰にそんなことをおそわったの？」

「おそわったんじゃないもん。あたしが考えたの」

姪は当り前のような顔をしているのだが、私はふと恐ろしい感じがした。この子の耳に先祖の霊が、こんな話を吹き込んだのかと思ったのだ。子供とはときに、とんでもないものを目撃したり、空耳のように奇妙な言葉を聞いたりする。

実は、その日の朝、母が髪を梳《と》かそうとしたら、一本、櫛の歯が欠けた。

「あらいやだ。縁起でもない」と母が眉《まゆ》をひそめた。昔から、櫛の歯が欠けるのは、悪いことが起きる前兆だといわれている。大正生まれの母は櫛の歯が欠けるのを、いつも嫌がっていた。

私は顔をしかめる母に「そんなの迷信よ。気にしなくってもいいんじゃない」といって、母の手から歯の欠けた櫛を受け取って屑籠《くずかご》に捨てた。

しかし、そのときに姪はもう学校に行っていて家にはいなかった。だから、母の櫛の歯が欠けたことなど知らなかったはずだ。

それなのに、姪は櫛をご先祖さまに譬《たと》えた。

奇妙な符合のようなものを私は感じた。

実際、その後、間もなく、私の身の上には不幸な出来事があった。それについて書き出すと長くなるので止めるが、姪の予言は的中したのだった。

思えば姪は幼い頃に、こうした予言めいたことを、よく口にした。そんなときは、子供とは思えない鋭い目つきをしてみせた。そして、姪の予言はたいがい現実のものとなった。

あれから長い年月が流れた。小学生だった姪も今では結婚してＩＴ関連の企業に勤めている。どこにでもいる普通の娘というよりは、もう中年女になった。

その間に私は父を見送り、二年前には母も亡くなった。ずっとカナダに住んでいた私は四十二歳のときに、海外生活に終止符を打ち、日本に帰って来て、平凡なサラリーマンと再婚した。その夫も定年になった。

歳月が流れるのは、なんとはやいことだろう。もう私も還暦を迎えた。相変わらず、奇怪な出来事は起きるのだが、以前のように誰かに話したり、原稿に書いたりもしなくなった。人間も古びてくると、驚きや感動や、そして恐怖さえも、だんだん感じなくなるらしい。

眼の中に入れても痛くないほど可愛かった姪でさえ、もはや、自立した一人の女性であり、私は彼女の仕事の内容をいくら説明されても、さっぱりわからない。自分の分身のように思っていた時代は、とっくに終わっていた。

そして、姪が怪奇現象に遭遇しやすい体質なのかどうかも私は知らない。忙しい毎日の中で、いつしか姪と子供時代のような無邪気な会話をしなくなった。

その姪から、久しぶりに電話があったのは、先週の水曜日だった。

「おばちゃん、出たよ」

最初の一言の意味が私にはわからなかった。

「なにが出たの？」

「えっとね、あたしさあ、心霊写真を撮っちゃったの」

「へっ？　心霊写真？」

「うん、ほら今、雑誌や本でよく紹介されていて、ちょっとブームになっている実業家のXのお屋敷があるでしょ？」

「ああ、あそこね」

私は明治時代に建てられた、ある有名な財閥の豪壮な西洋館を思い出した。あそこなら、私もかつてテレビの仕事で行ったことがある。

「あのお屋敷に知人のコネがあって、見学しに行ったのよ。そしたら、出たの」

「若い男の幽霊でしょ？」

「えっ、おばちゃんどうして知っているのよ？」

「その人だったら、私も会ったことあるもん」

そう答えると、姪は電話の向こうで絶句した。

私の体験はともかくとして、まずは姪の話を要約すると次のようになる。

彼女は建築に興味があって、X邸を見学に行った。設計士の友人も一緒だった。紹介者がいたので、X邸を管理している人物が案内をしてくれた。仮にその人を上田さんとしよう。もう六十代の紳士だった。

一通り屋敷を見終わったところで、姪は地下室へ続く階段があるのに気づいた。

「あそこは、どうなっているのですか？」と姪が質問すると、上田さんが困った表情を見せた。

「いえ、実はですね、ここの地下室はちょっと因縁がありましてね」

と話してくれたところによると、この屋敷には長年仕えてくれた使用人がたくさんいた。そして戦争中は屋敷を空襲から守るために多くの若い使用人が犠牲となった。つまり、身を挺《てい》して屋敷を焼夷弾《しょういだん》から守ったのである。

しかし、戦後になって彼らのことを記憶に留《とど》める人もだんだんいなくなり、ちゃんとした供養もされなかった。

もはや忘れ去られた死者の霊が、どうやら地下室に住み着いているらしくて、ときおり彼らを見かけたという目撃証言が、平成の時代になっても後を絶たないのだという。だから、地下室に入るのは、あまりお勧めできないと上田さんはいった。

ところが、姪には変な自信があった。自分は幽霊とか怪奇現象とはまったく関係のない人間だから大丈夫だという自信だった。

「それでね、あたし、上田さんに止められたんだけど、どうしても地下室を見せて下さいってお願いして、階段をおりてしまったの。なんか、湿っぽい感じのところで、ふあーっと澱《よど》んだ空気が流れているなあって思ったのが第一印象。だけど、別に幽霊が『コンチハ』って出てきたわけじゃあないし、なんだ、こんなものかと思っただけだったの。

でもねえ、いっこだけ失敗しちゃった。そのときにカメラを持っていたから、ほら、あの買ったばかりのライカね、それで写真を撮ったらさ……」

「そうか、その写真に写っていたってわけね。デジカメと違ってライカはフィルムだから、やっぱり写りやすいのよねえ」

私は自分がＸ邸を訪れた日のことを、あらためて思い出していた。あれはもう三年くらい前だった。テレビの仕事はあまり好きではないのだが、たまたまテーマに興味があったので、出演を引き受けた。

その屋敷で、私は八十歳くらいの男性に、終戦直後の体験談を聞くことになっていた。

そう、たしか、ものすごく寒い日だった。しかも屋敷は普段は人が住んでいないので、火の気はまったくなくて、震えるほどの寒気だった。それでもコートを着たままインタビューはできず、私はスーツの下にホカロンを貼り付けていた。

なぜか、立ったままで、私は老人と話していた。カメラが近くで回っている。もっぱら聞き手として、相手の話にただただ相槌《あいづち》を打っていた。そして何気なく、老人の肩越しに目をやると人の姿が見えた。着物に袴《はかま》をつけた若い男性だった。

ああ、やっぱりいたなと私はそっと頷《うなず》いた。実は、この屋敷に一歩足を踏み入れた途端に、すぐに誰か住みついているとわかったのだ。これは、私だけが感じることなので、他人に話したりはしないのだが、よく地方の旅館やホテルに泊まると、人の気配を感じることがある。もうずいぶん前から、そこに住みついている人である。ただし、この世の人ではない。

外国のホテルでも、その部屋で死んだ人がいるなと、とっさに感じることがある。感じたからといって、別にどうしようもない。ホテルで病死したり自殺したりする人はいくらでもいる。それを気にしていたら旅行などできない。

ただ、不本意な思いのまま亡くなった人は、夜中にそれを訴えてくる。低い呟《つぶや》きであったり、悲しい歌声であったり、壁に揺れる影だったりするが、自分の存在を認めてくれといいたげな電波をさかんに発するのは事実だった。

そのために、こちらの睡眠が妨げられる場合がある。困るので理由はいわずに、ホテルに頼んで部屋を替えてもらった経験は何度かあった。

私の夫は、そうした感覚とはまったく無縁の人なので、何も感じない。そのほうが気楽でいいなあと思ったりもする。

X邸の青年は四角い顔をして、眉《まゆ》が濃くて眼が細かった。柔和な表情であり、何かを恨んで出てきたようには思えなかった。

いつもと違って、珍しい客が来たので、ちょっと覗《のぞ》いてみようかといった様子だった。ここでX邸の歴史について書けないのは残念だが、持ち主に迷惑が掛かるといけないので、割愛したい。ただ、この屋敷で亡くなった人がたくさんいたのは、紛れもない事実だった。多くの文献にもそれは書かれている。

したがって、青年の姿が見えても、私は怖いとは思わなかった。むしろ彼がいつの時代の人か知りたかったが、テレビの番組の撮影はいつでも駆け足なので、屋敷を管理している人に、それとなく幽霊がときどき出没するのかどうかを尋ねる機会もなかった。

そのときの記憶が蘇《よみがえ》っただけなのだが、姪《めい》は驚いたようだった。

彼女が撮影した写真にはガラス窓のところに、はっきりと若い男の顔が写っていたという。

「上田さんにもいわれていたんだから、あんな場所で写真なんか撮らなきゃよかったのよね」

姪はため息をついた。ほんとうは、供養をしてあげたいのだが、自分や親類の家ならともかく、見ず知らずの他人のお屋敷である。供養のしようもないだろう。

「そうねえ、家に住みついてしまう霊っているから、あんまり気にしないほうがいいんじゃない？」

私は自分が心霊写真を撮ってしまったことに落ち込んでいる姪を慰めたかった。

「うん、どうもあの屋敷に住みついている人たちは、あんまり悪い霊ではないらしいわ。お屋敷でも、生き甲斐《がい》を持って働いていたから、今でもお屋敷を守らなきゃっていう気持ちみたいよ」

「それならば、そっとしておいてあげたらいいわね」

答えながら私は姪にどうして霊の気持ちがわかったのだろうと疑問だった。

姪は姪で、やはり疑問があったようだ。

「おばちゃんは、どうして家に住みつく霊がいることを知っていたの？」

「あっそれはねえ」といいかけて、はっと少女時代の思い出が頭に浮かんだ。

自分は経験から、霊が家に住みつくと知っていると思っていたけれど、もしかしたら、そうではないかもしれない。もっと明確に、その考えを私の頭に植え付けた人が他にいた。私の父だった。

今なら、はっきりとそういえる。

中学二年か三年くらいの頃の思い出だ。私は父に連れられて、京都、奈良を旅した。二歳年長の姉、つまり姪の母親にあたるわけだが、その姉が中学卒業と同時にアメリカに留学することが決まっていた。当時はようやく戦後の荒廃から復興し、日本経済は目覚しい発展を始めた頃だった。田中角栄や藤山愛一郎といった政治家たちも次々と子供をアメリカに留学させていた。

父もそれに同調して、まず、一番上の兄をニューヨークへ送り、続いて姉をハワイへやった。その前に姉が日本の美しさを知っておく必要があると考えて、私たち姉妹を関西旅行に連れ出してくれた。

このとき、父はひどく機嫌が良かった。若い頃に自分が憧《あこが》れたアメリカに、子供を二人も留学させることができるのが、よほど嬉《うれ》しかったのだろう。

私は私で、いつも離れて暮らしている父から、雪国で育った少年時代の情景を手振り身振りをまじえて、話してもらうのを聞くのが楽しかった。

父が青雲の志を抱いて上京したのは、昭和の初期である。貧しい学生は安い下宿を探すのが普通だった。

「その最初に住んだ下宿でなあ、パパはえらい目にあったんだよ」

奈良ホテルのダイニングルームで、ポタージュを口に運びながら父が喋《しゃべ》り出した。

なにしろ、ぽっと出の田舎の学生なので、東京の地理もよくわからない。ただ、知人の紹介で破格に安い下宿をみつけた。その場所は、遊郭がたくさん並ぶ一角だった。引っ越しをするまで、父はそれすら気づかなかった。

小さな三畳間に蒲団《ふとん》を敷いて寝ていると、どうにも息苦しくて夜中に目が覚めた。ふと見上げると髪の長い若い女性が、父の蒲団の上に馬乗りになって、憤怒《ふんぬ》の形相で父を見ている。驚いて、父は口もきけなかった。

「これは夢だと思って、パパはもう一度蒲団をひっかぶり、夢よさめてくれって祈ったんだけど、相変わらず蒲団は重い。それでもう一度、顔を出したら、なんと、その女が自分の長い髪を、パパの首に巻きつけようとするんだ。いやあ、肝を冷やしたぞ。ギャーっと叫んで、起き上がって部屋の電気をつけた。それでようやく敵は退散した」

父が大袈裟《おおげさ》に手を振り回すのがおかしくて私は大笑いをした。父の話は、これで終わらなかった。

なんと翌日も、その幽霊は現れたのだという。やはり夜中であり、恨めしそうな顔も同じだ。

「こりゃダメだと思った。いくら安くても毎晩、あの女に出てこられたら、寝不足になっちまう。そこで大家のところに行って、申し訳ないが、他所《よそ》に移りたいといったら、大家がな、『やっぱり出ましたか』っていうんだよ。知っていたんだな、幽霊が出るって」

その部屋は借りた人が次々と引っ越しをしてしまい、長く居ついたためしがないのだそうだ。興味を持った父が大家に聞いたところでは、十年ほど前に男に裏切られた女郎が、その部屋で首を吊《つ》って死んだ。それ以来、若い男がいると必ず夜中に出てくる。お坊さんをよんで、お祓《はら》いをしてもらったが、効果がなかった。

「もうあの家そのものを壊すしかないんですよって、大家が嘆いていたよ。いいか、ミヨコ、幽霊なんてものは、そのへんの道路をふらふら歩いているんじゃない。ちゃんと住みついている家があるんだ。そいでもって、相手によって、出てくるんだなあ」

「相手によってっていうのは、つまりパパのことが気に入って、幽霊さんが出てきたってわけ?」

私が素朴な疑問をぶつけると父は呵呵大笑《かかたいしよう》した。

「そうだよ。パパには、なんでも見える。幽霊なんて怖くはないが、若い頃は何度か寝ているときに女の幽霊が出てきたものさ」

「ウソでしょう」

といって、私は父がいつものように駄法螺《だぼら》を吹いているのだと思って笑いころげた。

しかし、そのときの父の顔は意外に真面目だったので、今でも記憶している。

あの話が真実だとすると、父は霊の存在を感じるタイプの人だったのだろう。それは私に遺伝をした。いや、他の兄弟のことはわからない。父は先妻との間に男の子が一人いて、その先妻が亡くなった後で私の母と一緒になった。さらに母と別れてから再婚したために、私には腹違いのきょうだいが三人もいるのだが、彼らと霊について話したことは一度もない。もしかしたら、他の子供にも遺伝しているのかもしれない。

とにかく確かなのは、姪にも霊感のDNAが流れていたという事実だ。

かつて『怪談』を小泉八雲が書いた時代は、自分が遭遇した奇怪な体験を人々は平気で口にした。それを笑う人も馬鹿にする人もいなかった。

ところが現代では、そうした話をすると、いかにも無学で無教養な人間のように見られる。だからみんな話さないようになったが、実は私が考えているより、はるかに多くの人が、この世にあって、あの世の人を見かけたり、喋ったり、写真に撮ったりしているのではないだろうか。

「きっとね、これからも思いがけない出会いがあるからね」

私は電話を切るときに姪《めい》にそういった。

「うん、困ったなあ」

姪は子供の頃と同じ、細い頼りない声を出していた。

霊感って、ほんとうに遺伝するものなのだろうか。もしも、霊感と遺伝子の関係を研究している専門家がいるものなら、いつか聞いてみたいと私は思っている。

母からの電話

私の母は二年前の六月に亡くなった。八十四歳だった。今でも母のことを思い出すのはつらい。母の人生は何だったのだろうと考えると、複雑な思いにとらわれる。

母が父と離婚したのは、私が小学校に上がる年だった。今考えると、母はまだ三十三歳の若さだった。それでいて三人の子持ちだった。

私より四歳年上の兄は重度の心身障害者だ。目が見えず、左半身が麻痺《まひ》しており、さらに知能が遅れていた。

「この子が普通の子なら、パパは離婚しなかったかもしれない」と母がつぶやいたのを聞いた憶《おぼ》えがある。確かに、障害のある子供は家族にとっては大きな負担だった。兄は、何か気に入らないことがあると暴れまくり、家中のガラス戸を割り、襖《ふすま》をぶち抜いた。自分の着ている洋服から蒲団まで、すべてびりびりに引き裂いて泣き叫ぶ修羅場が、毎日のように繰り返されたのである。

父は、それを直視するのが嫌で逃げたのだろう。実際には新しい女ができて、その女と一緒になるために、私たち母子四人は、それまで住んでいた家を出たのだが、その根底に兄の問題があったことは否めない。

母は強い人だった。兄がどれだけ暴れても、施設に入れようとはしなかった。家族の一員として育てた。

まだ子供だった私には、母の悲しみが理解できなかった。とにかく、三人も幼い子供がいるので働きに出るわけにもゆかず、母は自宅を改装して、小さな部屋を幾つも作り下宿屋を始めた。それまでは専業主婦だった母には、他に生きてゆく道はなかったのだ。

もっとも、この下宿屋は四年ほどで廃業となった。さすがに父が見かねて、月々の仕送りを増加してくれて、それだけで、私たち一家は暮らせるようになった。

末っ子の私はいつも母にべたべたとくっついている子供だった。身体も小さくて、気弱で、学校の成績も悪い私の将来を母は案じていた。二歳年上の姉は優等生で、その上に美少女だったので、母はずいぶんと期待をかけて、ピアノ、英会話、茶道、日本舞踊、書道、水泳などを習わせていた。きちんとしたお嬢様に育てたかったのだろう。

一方、私に関しては、すっかりあきらめていた。何をやらせても満足にできないので、自分が生涯、この子の面倒をみなければならないと思ったようだ。

俗にいう「馬鹿な子ほど可愛い」という表現があるが、母はほんとうに私を可愛がって甘やかしてくれた。

だから、姉はいつも学校でも皆勤賞だったが、私はしょっちゅうズル休みをして、母にまとわりついては、お菓子などをもらっていた。そんな不出来な娘を母は不憫《ふびん》にすら感じたようだ。

ある日、私は、はたと母が自分より先に死ぬのだと気がついた。すると、すごく不安になった。

「ねえ、ママ、もしもママが死んだら、どこへ行くの？」と真剣な顔で尋ねた。

「あの世へ行くのよ」と当り前の顔をして母は答えた。

「あの世ってどんなとこ？」

「さあ、ママだって、まだ行ったことがないから、わからないわよ。でも、きっと、ずうっと眠っているようなものじゃないかしら？　うとうとしてるんじゃない？」

今になって考えると、母はずいぶんと呑気《のんき》な返事をした。いつでも母はいたって楽天的な人で、あまりくよくよ悩んだり、落ち込むことがなかった。だから、自分の死についても、深くは考えていなかったのだろう。なにしろ、母はまだ四十歳になるやならずの歳だったのだ。

「ねえ、ママ、ひとつだけお願いがあるの。もし、ママが死んだら、あの世がどんなところか、私にだけはおしえてくれない？　だって、私もいつかは死ぬんでしょ。恐いじゃない。だから、ママにおしえてもらっておけば安心するから。ねっお願い」

私は母の前で手を合わせる仕草をしてみせた。母は微《かす》かに笑った。

「そうねえ、じゃあ、もしママが死んだら、ミヨコの夢の中に出てきて、今どんなところにいるか、おしえてあげるわよ」

「うん、わかった。約束ね」

私は母と小指を絡ませて、げんまんをした。

あれは、私が小学校の五年生のときだったと記憶している。

それから時間の流れは速かった。母は娘たちが嫁にいくと、まるで待っていたかのように商売を始めた。最初は虎ノ門でコーヒー専門店を開業し、それが軌道に乗ると銀座でレストランをオープンさせた。

バブルの時代は、母の事業も順調だった。面白いようにお客が入り、着物道楽の母のところには、常に呉服屋が出入りしていた。

しかし、バブルの崩壊と共に、母の店も不況の波に襲われた。その頃には、母も七十歳を過ぎていたのだが、相変わらず、毎日、昼間は虎ノ門のコーヒーショップで働き、夜は銀座のレストランに出勤した。

私は、そんな母の健康を心配した。もう働かなくても、じゅうぶんに食べていけるだけの貯蓄はあった。母は引退するべきだと思ったのである。中年になって、兄はすっかりおとなしくなっていた。ほとんど寝たきりの生活で以前ほど手はかからなかった。

どれほど私が説得につとめても、母は頑としていうことを聞いてくれなかった。ときには怒鳴りあいの喧嘩《けんか》にまでなった。

「ママは死にたいの?」と私は何度も彼女に詰め寄った。それでも母は聞く耳を持たなかった。

それには理由があった。母には私より一歳年上の非常に優秀な女性のアシスタントがいたのである。もともと経理を任せていた女性だったが、真面目で、努力家で、誰が見ても文句のつけようがない、よくできた人だった。

そのC子さんが、母の片腕となって働いてくれていた。二人はまるで実の親子のようだった。C子さんは幼少期に母親と死別していたので、私の母を実母のように慕ってくれた。

とにかく二人三脚で、どこへ行くのも二人は一緒だった。だから、母は私にどれだけ意見をされようとも、C子さんが自分を助けてくれている限り、絶対に商売は続けられると信じていた。つまりは、ひどく強気だったのである。

まったくビジネスの世界に疎い私には、母の店の経営状態がどうなっているのか、見当もつかなかったが、実状は火の車だった。母は赤字の補塡《ほてん》のために、自分の持っていた貯蓄をすべてつぎ込んでしまった。

それでも、店を手放そうとはしなかった。娘より、はるかに従順で、自分の命令は何でも聞いてくれるC子さんと二人で、毎月お金の遣《や》り繰りをするのが生き甲斐《がい》でもあったのだろう。

こんなことを続けていたら、母は倒れると私が心配したことが現実のものとなった。七十七歳のときに母は大腸がんを患って手術を受けた。このときは一命を取りとめたのだが、「後五年間、生き延びる確率は二十パーセントしかありません」と執刀した医師にいわれた。私はただ恐ろしかった。

母の入院中のC子さんの献身ぶりは大変なものだった。昼間は母が不在のレストランを切り盛りし、店を閉めた深夜になってから病院に駆けつけて、徹夜の看病をしてくれる。

「C子さん、そんなことをしたら、あなたの身体がもたないから、泊まり込みの看病だけはやめたほうがいいわ。それにこの病院は完全看護だから大丈夫よ」と、何度も彼女に徹夜の看病をしないようにと懇願したが、彼女は聞かなかった。

それでは私が泊まり込めばよいのだが、身体の弱い私は二日も病院に泊まると、自分が熱を出してひっくり返った。姉は外国へ行っていたし、日本にいたとしても仕事も家庭もあるのだから、ずっと泊まり込むことは不可能だった。

三週間ほどして、母は退院した。これでもうレストランは閉めてくれると私は期待した。

ところが、一ヶ月もすると母はまた昔の生活スタイルに戻ってしまったのである。そんなある日、ふとC子さんの顔を見ると、異様に青いのだ。げっそりとやつれている。

母の入院中は、お店のマネージメントから看護まで、彼女が一人で引き受けて奮闘したのだから、その疲労が蓄積しているのは当り前だった。

「やばいなあ」と私はこころの中で思った。このままだと、今度はC子さんが病気になる。そんな予感がした。

不幸なことに予感は当たった。母が仕事に復帰して半年後に、C子さんが胃がんになった。それも進行性のがんだった。なんとか手術はできたものの、「転移や再発の可能性は否定できません」と彼女の担当である医師にはっきりと宣告された。

母もがんを患い、C子さんも同じ病気になった。それは、無理を重ねて、経営状態の悪い店を運営していたためのストレスが原因だと私は確信した。誰だって、あんな生活をしていたら病気になるに決まっている。

今度こそ店を畳むようにと私は母にいった。「傷病兵二人では店の経営は無理よ」ときつい言葉を放ったのだが、母もC子さんも私の言葉に耳を貸してはくれなかった。

ああ、このままだと近い将来、二人とも死んでしまう。なんとかしなければと気持ちばかりが焦るのだが、まるで、何かに取り憑《つ》かれたように、二人はただただ全エネルギーを店の運営に傾けて、朝から晩まで働いていた。

さすがに私も怒鳴るのに疲れてしまった。いくらいってもわからないのだから仕方がない。いや、もしかしたら、仕事は母とC子さんにとっては、自分たちの存在証明なのかもしれない。だとしたら、私はこれ以上、口を挟めない。

やがて、C子さんにがんの転移が発見された。場所は腹膜だったので手術はできず抗がん剤の投与を続けた。母もまた大腸にがんが再発して入院し、手術後は生死の境をさ迷った。

このときも、C子さんは病身にもかかわらず店に出勤し、午後の十一時を過ぎてから母の病室に駆けつけて泊まり込んだ。

「もう、自分は死んでもいいとC子さんは覚悟して、腹をくっているんだなあ」と、私はやせ衰えたC子さんの姿を見ながら思った。

なぜ、そんな無茶をさせたのだと他人はいうかもしれない。しかし、母とC子さんの絆《きずな》は特別なもので、娘である私でさえも踏み込めなかった。

C子さんの献身のお陰で、危篤だった母は一命を取り留めて退院をした。それから一年ほどで、C子さんは亡くなった。もはやがんは彼女の全身を蝕《むしば》んでいたのだ。亡くなるその日まで、母は病院へ行って、C子さんに店で出すワインの値段の相談をしていた。

苦しい息の下でC子さんは「そうですね、赤ワインのピノは四千円くらいでしょうか」などと答えている。その顔は黄疸《おうだん》が出て、眼まで黄色くなっていた。

C子さんの死は、母にとっては大きなショックだった。彼女の存在は私や姉でさえも補えない特別の重さがあった。文字通り、母は片腕をもがれたのも同然となった。「あの子は何も死ぬことはないじゃない。どうして死んじゃったのよ」と怒ったように母は毎日、同じ言葉を繰り返した。

さすがに店の経営もあきらめて、長年勤めてくれていたシェフにマネージメントを任せて、自分は出勤しなくなった。それは母が八十二歳のときだった。

C子さんの生涯を考えると、いつも私は涙が止まらなかった。どんなに親しくなっても、彼女は私に敬語を使い続けた。みずくさいから止めてよといっても、穏やかに微笑むだけだった。薬師丸ひろ子に似た可愛い顔をしていて、結婚したいといってくれた男性もいたのに、二十七歳のとき、母の店で働き始めてから、五十四歳で亡くなるまで、ずっと独身を通して、母に尽くしてくれた。

私でさえも、がっくりと落ち込んだのだから、母の憔悴《しょうすい》ぶりは尋常ではなかった。それが影響したのか、恐れていた事態が起きた。母の膵臓《すいぞう》にがんが再発したのである。手術をしたものの、もう切除できないほど大きくなっていた。

「余命は半年から一年です。これは、はっきりいって助かる可能性はありません」と医師はきっぱりと断言した。そして、その言葉通りに、母の体力はどんどん衰えていって、やがて脳梗塞《のうこうそく》を起こし動けなくなった。

入院している母をできる限り見舞ったが、更年期障害で苦しんでいた私には、C子さんのように泊まり込みでの看病はできなかった。かつて私が母の病室で徹夜の看病を続けたために肺炎になって寝込んだことがあるのを知っている夫は「ママの生命も大事だけど、自分の身体のことも考えなさい。C子さんと同じ轍《てつ》は踏まないでくれ」と厳しい口調でいった。

ほとんど意識を失ったまま、母は夜更けに心不全で亡くなった。誰も傍に付き添っていないときだった。

病院からの知らせで、とるものもとりあえず駆けつけると、すでに姉とその娘が到着していて、私たちの来るのを待っていた。

姉の夫は外国へ行っていて留守だったので、私たち夫婦と姉と姪《めい》の四人が、母の遺体を前にただ呆然《ぼうぜん》としていた。

すると看護師さんが、「先生のご説明がありますので、こちらのお部屋に来て下さい」と私たちを小部屋に案内した。

そのとき、小首を傾げて「お身内の方は四人だけですか？　あの、もう一人の方は？」と尋ねる。

「いえ、これで全員です」と姉が答えた。このとき、私の頭にはっとひらめく影があった。「あの、他に誰かいましたか？」と看護師さんに尋ねた。

「えっと、よくわかりませんが、最初にもうお一人、女性の方が病室にいらしていたような気がして……」と看護師さんが、自信がなさそうにいった。

「私たちが病室に来る前ですか？」

「ええ、ほら、いつもお見舞いにみえていた、あの方ですが」とまた看護師さんが答える。

「いつもお見舞いに？」

今回の母の入院については、もう親戚《しんせき》にも知らせていなかった。母はほとんど意識がなかったし、何度も入院しているので、これ以上は親戚に心配をさせたくなかった。だから、見舞いに来ているのは、私と姉と姪だけだったはずなのだ。

「はい。お母さまには、もう一人お嬢さんがおいでじゃないですか？　その方がいつも十一時過ぎに、皆さんいなくなってから、必ず病室にいらしてましたけど」

「あっ、あの人ですか」といって、私は黙り込んだ。

それから、もう一度、看護師さんに確認した。

「その方が、母の臨終に来てくれていたのですね」

「ええ、皆さんがさっき病室にお集まりのときも、たしかベッドの脇におられましたよね」

「そうでしたか」

私にはもう次の言葉は出なかった。

C子さんだ。C子さんが、母の容態を心配して、毎日、深夜に病院に来てくれていたのだ。母が息を引き取ったのは午後十時を過ぎていた。そのとき、きっとC子さんの霊は母の傍にいたのだ。

それまでは母が死んだと知っても、まだ現実感がなく、悼むこころにもなれなかったのだが、C子さんの顔が瞼《まぶた》に浮かんだ途端に、どっと涙が溢《あふ》れ出した。そんなにも、彼女は母を思ってくれていた。最期に付き添ってくれていたのは、娘たちではなくてC子さんの霊だったのだ。

「あの人はちょっと用事があって帰りました」と、とっさに看護師さんにいって、私は深く一礼をした。

あれから、二年の歳月が過ぎ去った。母は私が子供の頃に、死んだら、あの世がどんなところか夢の中でおしえてくれると約束した。だから、夢に母が現れないかと、ずっと待っているのだが、ちっとも出てこない。

しかし、不思議な現象が起きた。ときどき、我が家の電話がリンと一回だけ鳴るのである。それで電話が切れる。

あれっと思って、後からよく考えると、それはC子さんの月命日だったり、彼女のお誕生日だったりした。

「また、ママからの電話だね」と、夫がしみじみとうなずく。

母は電話を鳴らすけれど、私が慌てて受話器を取って「もしもし、ママ？　ママでしょ？」といっても何も答えない。そのときには、もう電話は切れているのだ。

　それでも何かを伝えたいから、母は電話を掛けてくるのだろう。それが何であるかは、私にはさっぱりわからない。

　こんなときは霊感に乏しい自分を恨めしく思う。お化けでも幽霊でもいいから、母に会いたい。夢の中でもいいから出てきてほしい。そう願っているのだが、母は電話を鳴らすだけだ。

　毎日、母の仏壇にお線香を上げて、私は話しかける。

「ママ、どうしているの？　C子さんには会えた？」

　写真の母は答えない。ただにこやかに笑っているだけだ。

　あれだけC子さんに大切にしてもらった母は、ほんとうに幸せな生涯だった。そして彼女がいなくては生きていけなかったのだろう。私は最近はそう考えて、母の死をあきらめるようになった。やっと少し、こころの整理がついてきたのだ。

　そしてまた、今月もC子さんの亡くなった二十二日に、母からの電話が鳴ったのだった。

亡くなる五ヶ月前の母（左）と著者。グアムにて

「赤い」人たち

「そうそう、そうなのよね。あの人たちって、どうしても赤いものが関係するのよね……」という言葉を、私はぐっと胸のところで呑《の》み込んだ。

今、目の前にいる青年を恐がらせたくなかったからだ。いや、正確にいうと、自分のことを不気味なオバサンと思われたくはなかったのだ。

ヒロシ君は、ある新聞社の文化部の記者だった。私の新刊本が出たので取材のため訪ねて来た。

目がクリクリした可愛い顔をしている。そして、いかにも現代っ子らしく身体の割に顔が小さい。今流行の小顔というやつだ。

年齢はやっと二十七、八歳といったところだろうか。こんな息子がもしいたら、さぞや自慢して連れ歩くだろうなぁ、と思いながら、さりげなく母親の年齢を尋ねると、私と同じ年だった。

「うちのお袋って、口うるさくって、面倒だから、あんまり近寄らないようにしてんですよ」と、ヒロシ君は屈託のない口調でいう。

そうか、そうか、ペットじゃないんだから、息子なんていい年をしていつまでも母親にくっついて歩くわけはない。自慢しようと思うほうが間違っている。

「でも、お母様はあなたのことが可愛くて仕方がないんじゃない？」

「いや、それが、ボクは中学、高校とイギリスの学校の寄宿舎に入っていたもんで、わりと親子の関係はサバサバしてんです。っていうか、ボクがお袋にあんまり関心がないんですね」

そう答えてから、ヒロシ君はきれいに揃った白い歯を見せてニコリと笑った。

ふーむと、私は唸《うな》った。母親なんて、いくら息子を可愛がって育てても、しょせんは捨てられる運命なのかもしれない。私はすっかりヒロシ君の母親の気分になっていた。

もう取材も終わり、コーヒーを入れて四方山《よもやま》話をしているときだった。

ヒロシ君は父親の仕事の関係で、小学生の頃からイギリスに住んでいた。だから、私立校の寄宿舎に入れられたのだという。

「それが、ウエスト・エセックスっていうところにあるんですけど、お化けが出るんで有名な場所なんです。なにしろギネス・ブックにも出ているくらいですから」

そういってから、しまったという顔で、「あっ、すみません。工藤さんこんな話はきっとお嫌いですよね」と、頭をかく仕草をした。

「別に嫌いでもないし、好きでもないけど……」と答えながら、この青年は、私が不思議な体験を雑誌に書いていることなど全く知らないのだなと思った。

「それで、あなたのいた寄宿舎はお化けが出そうなところだったの？」

「そりゃあもう、すっごく古い石造りの建物ですから、なんかこう、中世って感じなんですよ」

ヒロシ君の目が生き生きとしてきた。いたずらっ子が、得意そうにいたずらの話をするような表情だ。

「へえ、そう。でも、あなたが恐い思いをしたわけじゃないんでしょ？」

「いやあ、ありましたよ。もちろん、ちゃんと出ました」


それはヒロシ君が高校一年の秋のことだったという。寄宿舎の部屋には男子生徒ばかり六人が寝泊まりしていた。

昔の貴族の館《やかた》かなにかを寄宿舎に使用しているので、一部屋ずつはかなり広い。そこに六台のベッドが置かれていて、壁ぎわにズラリと六個のロッカーが並んでいる。

真夜中に、ロッカーのところでガチャガチャ音がするので、ヒロシ君は目が覚めた。するると同室のジョージのロッカーの前に赤いパジャマを着た男の子が立っている。

なにしろ部屋は暗いし、半分寝呆《ねぼ》けている。てっきりジョージがロッカーから何か取り出そうとしているのだと思った。それにしても、こんな夜中にどうしてだろうといぶかった。

翌朝、ヒロシ君はジョージに聞いた。

「ねえ、昨日の夜中、なにやってたの？」

すると、ジョージはなんとも妙な顔で、別に何もしてないけどと答えた。そこに、二人の会話を隣で聞いていた別のルームメイトが、

「そうだよ、ボクも変だと思ったんだ。ジョージが真夜中にロッカーの前をふらふらしてんだもの」と話に加わった。

するとジョージは真剣な声で、「ボクは絶対に真夜中にロッカーなんか開けなかったよ。冗談じゃないよ」と抗議した。「だって、赤いパジャマ着て、ロッカーの前にいたじゃない」と、なおもヒロシ君がいうと、「ボクのパジャマは赤じゃないよ。赤いパジャマなんか持ってない」と意外な返事をした。その頃には他のルームメイトも皆、ヒロシ君とジョージの周りに集まって来た。

ジョージを除く五人の中で、三人までが、たしかに真夜中にロッカーの前を誰かが歩くのを見たという。それがジョージのロッカーのところだったので自動的にジョー

ジだと思い込んでしまった。しかし本人が否定するとなると、では、誰なのだろうという話になった。

皆な口々に、自分は真夜中にロッカーのところへは行かなかったと、きっぱりいい切る。

「それにですね。よく考えてみたら、赤いパジャマを着てるやつなんて、ボクたちの間に一人もいないんです。それに気がついたときは、さすがにぞーっとしましたね」

寮の部屋には鍵《かぎ》がかかるようになっていて、夜中に他人が入り込むのは不可能だった。

六人の少年たちは騒然となった。

「その場をなんとか収めないと、集団ヒステリーみたいになっても困ると思ったんでしょうね。ジョージが、ボクが寝呆けて歩いたのかもしれないっていってくれたんです。それで、なあーんだって感じで皆で笑ったんですけど、後でそっとジョージがいったんです。ほんとうに赤いパジャマなんて持ってないよって。やっぱり出たんですよ。古い歴史のある学校ですから」

「そう……」とうなずきながら、私は、あの人たちってどうしていつも赤いものと関係があるのかしらといいたいのを、ぐっと我慢したのだった。

この種の話を他人とするのが、私は嫌いだった。だいたい理解してもらえないし、奇異な目で見られるだけだ。いくらヒロシ君のほうから始めた話題でも、うっかり調子に乗ってこちらの体験を話すと、いわゆるヘンな人に思われる危険がある。特にヒロシ君はいたって健康的で、怪奇現象とは全く縁のない感じの青年だった。だから、それ以上、赤いパジャマの話題に深入りしないほうがいいと、私は長年の経験で知っている。

しかし、実は彼には話さなかったが、私も昔、よく似た経験をしたことがあるのだ。あれは私が十八歳のときの思い出だ。高校を卒業した私はチェコのプラハに留学した。当時は共産圏だったチェコになぜ留学したかというと、父親の命令だからだった。出版社を経営する私の父親は、その頃、東ヨーロッパの文学に惚《ほ》れ込んでいて、せっせと売れない本を出版していた。その病がこうじて、娘をチェコへ送り出したのである。

そこで私は、いきなりプラハ郊外にある留学生専用の寄宿舎に入れられた。寄宿舎と校舎は一緒になっていて、その建物は石造りの由緒ありそうな古城だった。おそらく、社会主義革命の前には、この辺一帯の領主が保有していた城だったのだろう。しかし、革命後は政府に没収され、馬鹿でかい建物は外国人専用の学校に生まれ変わった。

一九六〇年代のチェコに留学する外国人は、アフリカの学生が圧倒的に多かった。スーダンとかアルジェリアなどの黒人学生が、民族衣装をまとって廊下をうろうろしていた。

キューバからの留学生は、ひどく陽気だったが、それとは対照的に北朝鮮からの留学生は、皆ひっそりと静かだった。

その北朝鮮の留学生の中にたった一人、女子学生がいた。名前をキムといって、「オッカサン」とか「ウマイヨ」とか片言の日本語を知っていた。自分の祖母からおそわったという。

ひどく薄ぼんやりしていて、社会的な意識も低かった十八歳の私は、北朝鮮と韓国の区別もつかないような娘だった。それだけにまた、キムが北朝鮮から来ているからといって、彼女を特別に警戒したり好奇の目で見ることもなかった。

ごく自然に、私たちは友達になった。今になって考えると、いったい何語で話しあっていたのか不思議でならない。私は下手な英語を少し話したが、彼女は英語はできなかった。多分、身ぶり手ぶりを交えチェコ語でも喋《しゃべ》っていたのだろう。

キムと私は部屋もクラスも違ったが、毎晩、洗面所で顔を洗うときに彼女に会った。

プラスチックの赤いおけに洗濯物を入れて、それを小脇にかかえて彼女は現れる。お互いに先生の悪口や、素行の悪い男子学生の噂などをした。

実際、あるアフリカの男子学生が、夜中に廊下を歩く女子学生の手を引っぱって、自室に強引に入れようとした事件があった。そもそも同じ建物の中に男子学生と女子学生の部屋があるから、こんな事件が起きるわけだが、それ以来、女子学生たちは、夜間にお手洗いへ行くときは誘いあって行くようになった。一人で歩くのは恐ろしかったのである。

あれは三月のイースター休みのときだったと思う。学生たちは思い思いの場所に出掛けるため寮を後にした。ヨーロッパからの留学生は実家に帰れたが、それ以外の遠方から来ている学生たちの多くは、知人を訪ねるためプラハに出掛けた。

私もプラハに遊びに行き、四日ほどで寮にもどった。その夜、洗面所へ行くと、キムが先に来て、いつものようにせっせと洗濯をしている。「こんばんは」とチェコ語で挨拶《あいさつ》をしても返事をしてくれない。

ふと彼女の手もとを見ると、赤いシャツを洗っている。それが色おちをして、水が真っ赤に血のように染まっていた。

私は何もいわずに顔を洗い、歯を磨くと、洗面所を出た。何か、彼女の気を悪くさせるようなことをいったかなあと考えてみたが、思い当る節はなかった。

もちろん、私はキムを友人だと思ってはいたが、親友というわけではなかった。だから、それから一週間ほど、洗面所で彼女と顔を合わせなくなっても、さして気にとめなかった。そして、ある日、ソマリアから来ていたマリアという太った女子学生(彼女は、ソマリア・マリアといつも呼ばれていた)に、最近キムを見掛けないわねえといった。

すると、マリアはさも驚いたように身をのけぞらせ、「えっ、ミヨコ、知らなかったの? キムはイースターの休みにプラハへ行って、消されたってもっぱらの噂よ。あれ以来、学校には帰って来ていないわよ」というのである。

だって、私は休みの後にキムと洗面所で会ったけどと反論してもマリアに鼻の先でせせら笑われた。実際、他の留学生に聞いても、キムはイースター以来、もどって来なかったという。

「何が起きたかわからないのよ。でも、これは内緒だけど、キムは殺されたって他の北朝鮮の男子留学生がいってたわ。理由は、何か西側の人間と接触したからなんですって」そう小声でささやいたのは、キプロスから来た留学生だった。私は色白で細面のキムの顔をあらためて思い出した。きれいな子だったので、西側の男性からのアプローチでもあっただろうか。とにかく、ついにキムは二度と寮にはもどらなかった。

ヒロシ君の話を聞いていて、私は、はからずも「赤」というキーワードから、三十年以上も昔のキムの姿を思い出したのだった。あの真っ赤に染まった水の中で、無言で洗濯を続けていた彼女の横顔を。

火の玉は何色か？

火の玉という言葉を初めて聞いたのは小学校二年生のときだった。

人間という動物は不思議だ。年をとると、昔のことばかりが鮮明に思い出されるものだとよくいわれるが、どうやらそれは本当みたいだ。若い頃の私は、そういった話を認知症の老人に起きるケースだとばかり思い込んでいた。昨日食べた物は忘れるが、七十年前の戦争体験を、微細に語る老人には何度も出会っている。

しかし、その認識が、最近少し変わった。今年の三月に還暦を迎えた私自身が、近ごろは、なぜか妙に昔の光景ばかりを、くっきりと思い出すからだ。

まだ私が幼稚園に通っていた頃、父に愛人が出来た。父と母は連日のように派手な夫婦喧嘩《げんか》を繰り広げていた。

あるとき、ひどい暴風雨の日があった。いつもは幼稚園に迎えに来てくれるお手伝いさんが、この日はいつまでたっても現れなかった。家には三人お手伝いさんがいたので、誰も来ないなどということはあり得ない話だ。

しかし、来ないものは来ない。一緒に待っていてくれた担任の先生が、もう夕方暗くなり始めてから、私を家まで送ってくれた。

「今日のことで、悲しくなったりしちゃダメよ。こういうことって、これからもいっぱいあるからね。でも、これは自分を強くするために良かったことなんだって思いましょうね」と、先生は私の手を引きながら一生懸命にいいきかせてくれた。おそらく火宅の家の子供であると知っていたのだろう。

なぜか今ごろになって、その先生の顔や言葉が映像のように記憶に蘇《よみがえ》るのである。名前さえも、橋本先生だったと、はっきり思い出す。ずっと、長い間、考えもしないで、忘れ去っていた情景である。

あのとき、私は自分が父に捨てられた子供であると悟ったのだろう。私をお手伝いさんが迎えに来なかった日に、家で何があったかは、今でも不明だ。しかし、勝気な母のことだから、逆上して父に詰め寄る修羅場があったに違いない。狼狽《ろうばい》したお手伝いさんや書生は、末娘が幼稚園にいることなど忘れてしまったのだろう。

それから間もなく、母は子供たちを連れて家を出た。私たちが去った後の新大久保の家には父の愛人が移り住んで、やがて父との間に子供が生まれた。

もう五十五年も昔の出来事である。しかも思い出しても何の意味もないことなのに、幼稚園の先生と一緒に、横殴りの雨が吹きつける中を、必死になって傘をさしながら、材木屋さんの前を通り過ぎたことまでが、風の強さや雨の冷たさの感触と共に、目に浮かぶのである。

近ごろの私は、もしかしたら、自分の死が間近なのだろうかと不安になるほど、こういった子供時代の些細《ささい》な場面ばかりが頻繁に脳裏に蘇る。

先週の末に、新潟市に住む「雪国あられ」の会社の社長夫人の小山さんが、電話をくれた。

彼女は私が「雪国あられ」で発売した新製品、「ワインりゅうと」という柔らかくてワインの香りがするお煎餅《せんべい》が大好物だと知っていて、ときどき送って下さる。もちろん、お煎餅を送って下さった知らせを聞くのは嬉《うれ》しいが、小山さんの奥様の声を聞けるのは、もっと嬉しい。

彼女は新潟の出身の上品で可愛い人だ。銘菓の会社の社長夫人なのに、ちっともそれを鼻にかけない。こころが優しくて、昔ながらの美しい日本のお母さんという雰囲気がする。こういう女性がいる限り、日本もまだまだ捨てたものではないと安心できる。

私より十歳ほど若いはずだが、少し体調を崩していたという。

「でも、まだお若いから大丈夫ですよ。私なんて、近ごろは子供の頃のことばっかり思い出して、これって認知症の始まりかしらってマジで怯《おび》えているんですよ」と私がいうと彼女が答えた。

「私だって、子供の頃のことは思い出しますよ。今、思い出しても鳥肌が立つような怖い経験もあるんですよ」

澄んだ声で奥様が喋《しゃべ》りだした。

それは彼女が中学生のときのことだった。クラスにY君という少年がいた。病気がちで繊細な子だった。よく具合が悪くなり保健室で休んでいた。クラスの保健委員だった小山さんの奥様は、なんとかY君を励まし、元気づけるように気を配った。

やがて、Y君は学校にも来られなくなった。そんな夏のある夜、奥様が一人で和室で寝ていると、小さな火の玉がふわふわと部屋の中に入って来た。そしてくるくると蚊帳《かや》の周りを回り始めた。恐怖で口もきけずにじっとしていると、なんと火の玉は蚊帳の中まで入り込んで、奥様の顔のあたりを一周すると、すーっと尾を引いて出て行った。

その間、五分か十分かわからないが、まるで金縛りにあったように身動きできなかったという。

「その翌日に学校に行ったら、昨夜Y君が白血病で亡くなったって先生がみんなにおっしゃったんですよ。その時刻が、ちょうど火の玉が私の部屋に飛び込んで来たのと同じだったんです。ああ、あれはY君だったんだって、子供心に納得しました」

「きっとY君は奥様に最期のお別れを告げにきたんですね」

私は、その少年の一途《いちず》な気持ちがいじらしかった。

「ええ、Y君が、『ボク君のこと好きだよ』って私にいったことがありましてね。だから気にかかっていたんでしょう」

奥様が子供の頃は、さぞや可憐《かれん》な少女だったろう。死ぬ間際に、魂が火の玉となって会いたい人の元に飛んでいくのは、まだY君が中学生だっただけにいっそう不憫《ふびん》だ。

ここで、私は、はっと気づいて奥様に尋ねた。

「その火の玉は何色でしたか？」

「あっ、それは青かったと思います。そう、青いちらちらした火でした。そんなには大きくなかったですね」

「そうでしたか」といって、私は首を傾げた。

実は火の玉についての疑問が、つい先日からしきりに頭をよぎっていた。それは火の玉の色だった。もしも霊界の専門家がいたら、いつかお尋ねしたいと思っていた。作家の加門七海さんあたりは、そのへんの疑問に答えて下さりそうだが、一度しかお会いしたことがない方なので、なんだか電話をするのも気がひけて今に至っている。

実は、小山さんの奥様の体験談を伺う一週間ほど前から、私はまた、子供時代のある光景が、まるで映画の中の一場面のように、頭の中で何度も再現されるのに困っていた。それは、けして私が意識的に望んで思い出すのではない。夕食の仕度で台所に立っていたり、お風呂場《ふろば》で湯船にぼんやりと浸《つ》かっていたりするときに、ふーっと目の前にその場面が立ち上がってくるのだ。

父と母が正式に離婚したのがいつだったのか私はよく知らない。ただ、別居生活は私が幼稚園の頃に始まり、新大久保の家から原宿へと引っ越した。

両親の離婚を巡る激戦が一段落した頃だったのだろう。私と姉は父に連れられて新潟へ旅した。小学校二年生の夏休みである。

新潟までの道のりは遠かった。今のように新幹線などなかった時代である。上野から延々と汽車に揺られて、ようやく父の郷里の町に着いた。昭和の初めに父は雪深い田舎町から青雲の志を抱いて上京した。そして戦後になって出版社を興した。自分が東京で成功したことを実感するのが、こうした里帰りだったようだ。

翌日、お墓参りに行った。子供心に父の親族には、あまり良い感情を抱けないでいた。母が父の母親、つまり祖母とひどく折り合いが悪かったため、祖母の悪口を母からさんざん聞かされていたのだ。したがって、父方のご先祖のお墓に手を合わせろといわれても、なんだか気が進まなかった。

それでも、仕方がないので、小さな苔《こけ》むしたような墓石に向かってお辞儀をした。ひょいと頭を上げたそのときに、墓石の後ろに小さなオレンジ色の火の玉が、ふわりと浮かんでいるのが見えた。

いや、そのときは火の玉という言葉は知らなかったので、なんか静かで冷たいけど、炎のようなものだなあと思った。直径が十センチか十五センチか、それくらいだった。あれ、お線香の火が飛んだのかな、それにしては大きいなあと不思議で、もっとよく見ようと身体を近づけたら、もう火の玉は消えていた。

夏の盛りで蟬がないていた。墓石の裏は山になっていて、木々の緑が輝くようだった。土と木が入り混じったような強い匂いがした。無数の蟻が墓石を行ったり来たりして忙しそうなのが、面白かった。

墓参りに同行した父や親戚《しんせき》の人たち、そして二歳年上の姉は何も気づかなかったらしく知らん顔をしている。だから私も黙っていた。

その晩、食事が終わってから、父に尋ねた。

「今日さあ、お墓で丸い火がふらふらしてるのが見えたんだけど、なんだったんだろう」

「なに？　火の玉を見たのか？」

父が目を剝《む》いて聞き返す。

「うん。そういえば火の玉っていうのかな。丸くって、火の塊みたいだった」

「ああ、あれか。心配せんでいい」

父はタオルで汗を拭《ふ》きながら、首を振った。

「昔はな、死んだ人間から魂が出ていくときに火の玉になるなんてよくいったもんだが、お前、そんなのは迷信だぞ。パパはちゃんと知ってるんだ。火の玉ってのはな、人間が死ぬと、それを焼き場で焼くときに骨から燐《りん》が発生する。その燐が燃えるときの炎が青いんだ。これを見て、昔の人は火の玉とか人魂とかいって騒いだ。あんなの迷信だぞ」

得意そうに解説すると、父はどうだとばかり顎《あご》をしゃくった。

しかし、私の疑問は解けなかった。

「だってパパ、ミッコが見たのは赤っぽい塊だったんだもん。青くなかったよ」

子供の頃、私は家族にミッコと呼ばれていて、自分でも自分のことをミッコといった。

「なに？　青くなかった。おまえは赤い火の玉を見たっていうのか。おまえは目の検査をしたほうがいい。パパの会社の近くに井上眼科って名医のいる病院があるから、今度連れて行ってやろう」

父は私に色覚異常があるのではないかと急に心配し出した。そんなことより、あのぼんやりした火の塊のほうが、よっぽど私は気になっていたのだが、父は、娘を眼科に診せるというプランに熱中したらしく、同席していた秘書に「おい、東京へ帰ったら、井上眼科の予約を取れ、わかったか」と早速指示して、もう別の話題に移った。

その夜、父が寝る前に突然のように、「おお、そういえば、今日は俺の親父の死んだ日だ」と呟《つぶや》いた。

「あの親父はなあ、道楽の限りをして、せっかくあった財産を全部使っちゃって、子供たちもお祖母《ばあ》ちゃんもえらい苦労をした。しょうがない奴だったなあ」

父が自分の親について話したことは初めてだった。この後も詳しい話は何もしなかった。よほど祖父に恨みがあったのだろう。

ただ、私は子供心に、ああ、そうか、お墓でちらちらしていたのは、パパのお父さんだったんだと密《ひそ》かに合点がいった。別に誰に教えられたわけでもないが、私は小さい頃から、すでに死んだ人が自分を訪ねて来たり、翌日、起きる出来事を前の晩に夢見たりすることがよくあったので、祖父がお墓に火の玉となって出て来ても不思議ではないと思えた。

だが、それを父にはいわなかった。父はいつだって子供のいうことに、興味を示したためしがなかった。それどころか、子供を抱っこしたり、頭を撫《な》ぜたりもしなかった。

後にようやく、祖父は自分の妻と子供たちを置き去りにして他の女と暮らしていたということを知った。経済的に恵まれなかった父は苦学しながら早稲田大学を卒業した。それを支えてくれた祖母に対して父は恩義を感じて大切にしていた。だが、私の母は東京の下町育ちで、とにかく我儘《わがまま》だった。雪国の女でじっと執念を胸に秘めたような姑《しゅうとめ》と、贅沢三昧《ぜいたくざんまい》をして育った気の強い江戸っ子の嫁とは、うまくゆくはずもなかったのである。

初めて父の故郷に旅した小学生の私は、新潟と都会の環境の落差に愕然《がくぜん》とした。こういう荒い自然の中で、懸命に生きて来た父の、妙に図太い性格の原点が、今になるとはっきりわかる。父が身につけていた世の中を生き抜くための本能的なしたたかさとでもいったらよいのだろうか。それは厳しい雪国の風土が生み出したものだった。

とにかく大雑把で、女は好きだが、家庭にはまったく興味のない父は、彼がひどく嫌悪していた祖父と、ある意味ではそっくりの性格といえる。ただ、一点だけ異なるのは、父が自分の父親を反面教師として、家族だけには貧困の経験をさせたくないと強く願っていたところだ。経済的には父は子供たちのためにあらゆる努力をしてくれた。

しかし、小学生だった私が欲しかったのは豪華な食事でも、運転手付きの自家用車でもなかった。普通のお父さんとしての優しさだった。なぜか、それは父が最も苦手とするもので、絶対に子供に与えられないものだった。

やっぱりパパは他人だという実感を、はっきりと受け止めたのが、この新潟旅行だったかもしれない。その細部まで、揺れる火の玉と同じほど鮮明に私は今ごろ、思い出しているのである。

オレンジ色の火の玉を見た三日後に、私たちは東京へ帰った。

母にその話をすると、「あらそう。じゃあパパの親戚の誰かが死んだんじゃないの。きっとそうよ」と洗濯物を畳みながらいった。

「誰か死ぬと、あんなのがふわふわ飛んでくるの？」

「うん、ミッコは知らないでしょうけど、あれは火の玉っていってね、人間が死ぬとその人の身体から抜け出すのよ」

「でも、それは迷信っていうんだってパパがいってた。ね、迷信ってなあに？」

「迷信は迷信よ。つまり本当のことじゃなくって、勝手に人間が信じ込んでいること。だけどパパも相変わらずいい加減な男ね。火の玉は迷信じゃないわよ。だって、ママも実際に見たことがあるもの」

毅然《きぜん》とした母の口調にこちらは驚いた。

「いつ見たの？　ね、いつ？」

せっかちに尋ねると母は、洗濯物を畳む手を休めて、口を開いた。

「ママが女学校の頃だから、あの二・二六事件のあった昭和十一年くらいだったと思うわ。友達と二人で、家の近所の丘の上で座ってお喋《しゃべ》りをしていたのよ。うん、夕方だった。そうしたら、私たちの目の前を大きな火の玉がふわふわ通り過ぎていったの。友達と『あっ火の玉だわ』っていってね。まあびっくりはしたけど、静かに浮かんだまま流れて行ったから、ほんの一瞬だったのよ。怖いとも思わなかった」

私は母も自分と同じものを見たのが、なぜか嬉《うれ》しかった。やっぱりあれは火の玉だったんだと安心もした。母の話はさらに続いた。

「その日ね、友達と別れて家に帰ったら、すぐ近所のお爺《じい》さんが病気で夕方死んだって知らせがあったのよ。それで、ああ、あのお爺さんの火の玉だったんだなあって、わかったってわけ」

「それ何色だった？」

「えーとね、たしか赤かったわよ。赤くて丸くって、そうねえ二十センチくらいあったかしら」

母は手で丸い輪を作って見せてくれた。

やっぱり赤かったんだと、私はまた嬉しかった。私が見たのもオレンジ色だったのだから、ほぼ同じだろう。父が力説していた、燐が燃える火だとしたら青いことになる。だから違うだろうと思った。

余談になるが、私は間もなく御茶ノ水の井上眼科に行かされた。検査をしたら色覚異常はないが、強度の近視であることが判明して、それ以来、眼鏡をかける羽目になった。

それはともかく、私の生涯で火の玉を見たのは、小学校二年生のときと、八年前に父が九十歳で亡くなって、その四十九日の法要で墓参りに行ったときの二回だけだ。

父は生前に大きな墓を建てた。新潟にある寺の敷地内だった。やたらと立派で、四畳半くらいはありそうなので、「納骨室の中に人間が住めるね」と子供たちは冗談をいった。

寺の法要で住職の読経《どきょう》がすんだ後、遺族が全員で墓参に行った。午後の三時過ぎだった。お水を墓石に掛けるため裏側に回った私は雑木林の中で揺れる火の玉を見た。それはオレンジ色の仄《ほの》かな明かりだった。ひゅるひゅると木々の根っこのあたりを旋回して、すーっといなくなった。

ああ、父だ、と思ったが傍にいた夫にそれを知らせる間もなく火の玉は視界から消えていた。なぜ、出てきたのだろうかと、じっと考えてみたのだが、未《いま》だに答えはわからない。

そして、この原稿を書くために、火の玉という言葉をあらためて広辞苑《こうじえん》で引いてみた。すると次のようにあった。

「墓地・沼沢などに、夜見える光の塊。鬼火・人魂など」

さらに人魂という言葉をまた引いてみた。

「夜間に空中を浮遊する青白い火の玉。古来、死人のからだから離れた魂といわれる」

なるほど、そうすると、夜間に出没する青白い光の塊が、正しい火の玉といえそうだ。小山さんの奥様のところを訪れた火の玉などは、まさにこの解釈にぴったりだ。

真昼間に私が見た物はなんだったのだろう。母が、それを見たのも夕方で、赤かった。よくわからないが、いつか火の玉を見た経験のある人たちに話を聞いて色や大きさの統計を取ってみたいものだ。古い文献も調べてみたい。なんだか老後の楽しみができたような気がした。

夫にそういうと、あきれたように「あなたは、もうじゅうぶん、老後っていってもいい歳になっているんだよ」といわれてしまった。還暦から先を、どうやら世間では老後というらしい。

「オレンジ色の火の玉を見た」墓と著者

あとがき

平成二十三年の三月十一日に、私と夫は仕事でハワイへ発つ予定だった。午後三時半に成田空港へ行くための車がわが家に迎えに来ることになっていた。

そろそろ玄関にスーツケースを運び出そうかと思っていた矢先だった。家具が揺れ始め箪笥《たんす》の取っ手がカタカタいい出した。

「おい、地震だぞ」と主人が自分の手荷物を持ったまま私に声を掛けた。

「あら、そうみたい」と答えて、私は玄関に置いてある小さな椅子に座った。その途端に揺れは激しくなった。横揺れだった。

「これは大きいな。こっちに入りなさい」夫が玄関脇のクローク・ルームを指差した。たしかにそこは狭くて安全そうだった。

それから夫は慌てて玄関のドアを開けた。

すると庭先で飼っているめだかの鉢の水が大きく波打って、めだかが何匹も外に飛び出すのが見えた。夫はめだかを鉢に戻すためにスリッパのままで庭へ出た。

「こりゃ大変だ」

夫の叫び声に驚いて、私も外へ出ると、家の前の車道に停めてあった大きなトラックがどすんどすんと動いているのが目に入った。もちろん運転席は無人だ。なぜ無人のトラックがこんなに動くのかと一瞬疑問だった。それから、ああ地震のせいだと気づいた。道行く人たちは立っていられないで、電信柱につかまってしゃがみ込んでいた。

きっと成田空港までの迎えの車はわが家に辿《たど》り着けないだろう、こんなに地面が波打っているのだからと、とっさに思った。

家に入って、私はタクシー会社に電話をした。その頃には揺れはいったん収まった。ところが、何度掛けても電話は通じない。

どうしようかと迷っている間にも、また揺れが戻ってくる。何が起きているのかわからないまま三十分ほど経過したときだった。夫が家の前で誰かと話している声が聞こえた。なんと、タクシー会社の運転手さんがわが家に来てくれたのだ。

「いやあ、あんまり揺れるので、車はあっちの公園のところに置いて来ました。どうなさいますか？」と運転手さんが聞く。

「いったい、成田空港まで行けるんでしょうかね？」

夫の問いかけに、運転手さんも「うーん」と唸《うな》っている。それから、ちょっと待ってくださいといって携帯電話を胸ポケットから取り出して、あれこれ操作をしている。

「えーとですね、高速はすべて封鎖です。成田空港も閉鎖されるみたいです」

ネットで情報を調べたようだ。たとえ高速を使わずに成田に向かったとしても、飛行機の出発時間には間に合わないでしょうといわれた。

「わかりました。取り止めにしましょう」

夫はハワイ旅行を中止する決定をした。今になって思えば、止めてよかった。無理をして成田へ行ったとしても、もちろん飛行機は欠航だし、自宅に帰る手段もなかっただろう。成田空港のロビーで雑魚《ざこ》寝をして一晩を明かさないですんだだけでもラッキーだった。

地震は収まったものの、余震は長く続いた。さらには津波の被害や原発の事故、そして大規模停電と、災害による被害は東北や関東地方全体に及んだ。

しばらくはテレビに齧《かじ》り付いてニュースを見ている日々が続いた。それから一週間が経過した頃だった。

「あれ、なんか摩訶《まか》不思議なことがあったのかもしれない」と思い始めた。

私はとにかく愚鈍な性格なので、いわゆる怪奇現象と呼ばれるものが自分の周辺で起きたとしても、それに気がつくのが、いつも遅い。ずいぶん時間が経過してから、ああ、そういえば、あれはこの世の人じゃなかったのかとわかったりする。怪奇現象のみならず、普通の人間関係でも、いたって鈍感なので夫や友人にあきれられる。

そうだ、たしか地震が起きる二、三日前だった。私は近所の商店街で、知人の女性を見掛けた。いや、正確にいうと見掛けたと思った。

その人はエプロンをして、厚手のスカートに綿入れのようなものを着ていた。もう春も近くて、若い娘さんはスプリングコートをはおっているというのに、なんともちぐはぐな恰好《かっこう》だった。すれ違うときに、そのオバサンの顔を見て「あら、中村さんだ」と思った。

中村さんは亡くなった母の友人である。仙台の近郊で旅館を経営していた。もともとは彼女のご主人が、その旅館の若旦那《わかだんな》だったのだが、三十代で亡くなって、それからは中村さんが女手ひとつで旅館を切り盛りしながら一人娘を育て上げた。

私の母は以前、東京の銀座でレストランを開業していた。八十四歳で亡くなる三年くらい前までは毎日、店に出勤するのが生き甲斐《がい》だった。中村さんは上京すると必ず母のところに立ち寄って食事をした。苦労をして育てた子供が弁護士になり、東京で立派に事務所を開業している。それが中村さんは嬉《うれ》しくて仕方がないようだった。

「なんで、よその子供はみんな出来が良くて、うちのはダメなのかねえ」と母はため息をついては私の顔を見た。たしかに中村さんは弁護士の娘さんから毎月二十万円も仕送りをしてもらっていると自慢していたので、母にしてみれば、いつまでたっても売れない本ばかり書いている自分の娘の不甲斐なさを嘆きたくもなったのだろう。

中村さんは母より五歳年下だが、その娘さんは私と同じ歳だった。あんまり母が文句をいうので、一度、母を連れて仙台に遊びに行ったことがある。どうも、母には中村さんに対する見栄のようなものがあって、自分の娘だって旅行くらいは連れて行ってくれるんですよというパフォーマンスをやりたかったらしい。もちろん、費用はすべて母が出したのだが、私はせいぜい孝行娘のようなふりをして母の面倒を見た。もう記憶もさだかではないが、中村さんの旅館へ行くには仙台からタクシーで四十分くらいかかったような気がする。海岸の近くにある旅館は小さいがこぎれいだった。中村さんは私たち親子を歓迎してくれて、新鮮な魚貝類を食べさせてくれた。

「大丈夫よ。美代子ちゃんだって頑張れば、いつかきっと、うちの娘みたいになれるから。ねっ頑張ってよ」といいながら、中村さんは私の背中をポンポンと叩《たた》いて激励してくれた。あの頃でも娘さんの年収は一千万円以上と聞いて私は仰天した。

旅館の畳の部屋は快適だったが、外国生活の長い私は日本式のトイレが苦手だった。

母は「やっぱり銀座に比べたら田舎ね」などと小さい声で私に囁《ささや》いた。そう、たしかにあれはもう二十五年以上昔のことだから、まだ中村さんが今の私くらいの年齢だったはずだ。眉毛《まゆげ》が薄くて唇が厚い中村さんの特徴のある顔はよく覚えている。その中村さんが歩いている姿を東京の下高井戸の商店街で見掛けたときは、ああ、彼女は娘さんの家に引き取られたのだろう。この辺に娘さんの家があるのかしらと思い、さぞや豪邸なんだろうなあと勝手に想像した。

なんとなく中村さんに声を掛け損ねたのは、母が亡くなったときに、彼女に通知をしなかったからだった。中村さんと母は、ずいぶん仲が良かった時期もあったのだが、晩年は些細《ささい》な行き違いから付き合いが途絶えた。そのため中村さんにわざわざ母の死をおしえる必要はないだろうと判断した。

それにしても、今になって考えれば、中村さんが二十五年前に会ったときと同じ姿で東京の街を歩いていたら、「あれ、変だな」と気づかなければいけなかった。もしそれが本当に中村さんならば、もっとお婆さんじゃなければおかしい。だって八十四、五歳にはなっているはずなのだから。しかし、中村さんは私が最後に彼女と別れたときと全く同じ姿で、すたすたと歩いていたのだ。

私はぼんやりと彼女をやり過ごした。地震のときも彼女を思い出さなかった。きっと無意識に中村さんは東京に住んでいると思い込んでいたせいだろう。

ところが地震が起きて一週間が過ぎた頃に母の知人が電話をくれた。

「ほら、あの仙台の中村さんね、お気の毒に、行方不明なんですって。お嬢さんが探しに行きたくても、どうにも行きようがないらしいわ」

「えっ、中村さんなら東京にお住まいじゃないですか？　私、ついこの間、うちの近所でお見掛けしましたよ」と答えると、電話口で相手は笑った。

「なにを呑気《のんき》なことといっているのよ。あの人はずっと仙台のほうにいて、しかも足が不自由で、どこにも外出できなかったのよ。とっくに旅館はやめていたの。お嬢さんが何度も東京に来いっていったらしいんだけど、あの気性だから、お嬢さんのご主人と折り合いが悪くて、頑固に一人暮らしをしていたんですって。こんなことになるのなら引き摺《ず》ってでも東京に連れて来ればよかった、自分が悪かったって、お嬢さんは泣いていたわよ」

ああ、そうかと、私は納得した。なぜ自分が二十五年も前の、まだ六十歳くらいだった中村さんの姿を下高井戸の商店街で見掛けたのか、その理由が、ようやくわかったからだった。

実はこれによく似た体験を私は何度かしている。ずっと会っていない人を街角で見掛けて、挨拶《あいさつ》もしないで通り過ぎる。間もなくして、その人の訃報《ふほう》に接するといったことがあったのだ。

いつも苦い悔恨の思いにとらわれる。どうして、自分はあのときに、声を掛けなかったのか。傲慢《ごうまん》な考えかもしれないが、声を掛けたら、何かが変わっていた可能性はなかっただろうか。

今回も同じ思いだった。もしも中村さんに「お久しぶりです」とでもいったなら、彼女はこの世に留《とど》まることが出来ただろうか。せめて私がもう少し勘の鋭い人間だったら、不吉な予感を察知したはずだ。なんとか中村さんの娘さんの連絡先を探し出し、電話を掛けることが出来ただろう。

こんなときは本当に気が滅入《めい》る。

神様がいるとしたら、その神様がせっかく自分の知人の生命を助けるチャンスを下さったのに、私はそれを見逃した。

あのときもそうだったなあと、私の頭に昔の記憶が蘇《よみがえ》る。

ちょうどベルリンの壁が崩壊して、共産主義の独裁国家が次々と民主化していた頃だった。その当時、私はふとしたきっかけでモンゴルに惹《ひ》かれて、ウランバートルにアパートを借りて住んでいた。まだレーニンの銅像が建ち、旧ソ連の影響が強かった酷寒の国では、ゾリグという若き指導者が登場し、世界中のマスコミの注目を集めていた。

ゾリグ率いる若者たちの集団は見事に無血革命をやってのけ、モンゴルは一党独裁の政治体制に終止符を打った。

私は何度か取材を重ねるうちにゾリグと親しくなり、彼の家を訪ねたりした。彼の母親がロシア人であることも、そのときに知った。

それから二十年以上が過ぎ、私の放浪生活も終わっていた。日本のサラリーマンと再婚して堅気の生活を送るようになった。

そんなある日、新宿を歩いていて、伊勢丹《いせたん》の前の信号のところでゾリグの姿を見た。彼が政治家として活躍していて、今度の選挙では首相になるだろうという噂は友人から耳にしていた。私が知っていた頃のゾリグは大学院生で、若き革命家だった。だが、今はモンゴルを代表する政治家になっている。

こんなとき、私は有名人に声を掛けるのが苦手だ。むしろ、そっと片隅から盗み見して、その場を去る。それが礼儀だとも思っている。

だから、その日もゾリグが都内を歩いているのを目にしても、彼はきっと政治家として来日して多忙な日程をこなしているのだろうと想像して、黙って後ろ姿をやり過ごした。

その三日後だった。新聞でゾリグが暗殺されたのを知った。ウランバートルの自宅で何者かにナイフで滅多刺しにされて死んだ。

あれは一九九八年の十月だったと記憶している。彼は東京になんか滞在していなかった。モンゴルにいて若き政治家として多忙な日々を送っていた。突然殺されたときは、まだ三十六歳だった。

「どうして……」といったまま私は絶句した。温厚で礼儀正しいゾリグが殺されるほどの恨みを誰かから買うとは思えなかった。そして、なぜ、自分は新宿の雑踏の中で目の前を通り過ぎたゾリグに声を掛け挨拶をしなかったのか。

いつも引っ込み思案で、スターや有名人の前では何も喋《しゃべ》れなくなる内向きな自分の性格をこのときほど情けないと感じたことはなかった。

本物の予知能力を備えた人だったら、こういう場合にピピピと何か危機を感じて、迅速に行動を起こすのだろう。それが出来ずに中途半端に、あの世とこの世の中間に立つ人と遭遇するのは、なんとまあ無駄な体験か。空しい出来事かと思った。

余談になるがゾリグを殺害した犯人はついにわからず現在に至っている。この事件が起きた直後は、なんとしてもウランバートルへ行ってゾリグ殺害の犯人を探し出したいと真剣に考えた。自分の持っている予知能力は何の役にも立たない半端なものだが、それでも犯人に会ったら、それを見抜く能力は備えているような気がした。

しかし、残念ながら日々の暮らしに流されて、もうモンゴルまで乗り込む時間も気力も私にはなかった。ただ、あの強烈な熱気に包まれた民主化革命のとき、彗星《すいせい》のように登場したゾリグという革命家と、行動を共にして彼の信頼を得ることが出来た日々を懐かしむだけだった。

あの仙台の中村さんの安否は今でも不明だ。娘さんに連絡してみようかと思ったりもするが、それも空しく感じて止めた。

こんな経験は、おそらく私だけではなくて多くの人が持っているのだろう。ただ口にしたり書いたりしないだけで。

日常の小さなことを書き留めておくのも私たち物書きの使命のひとつだ。そう思って書き綴《つづ》った拙《つたな》い文章を一冊の本にして下さった『ダ・ヴィンチ』編集部の皆様、そして担当の岩橋真実さんにこころからお礼を申し上げる。最後に今回の大震災に見舞われた日本が一日も早く復興することを祈りつつ筆を擱《お》きたい。

二〇一一年四月二十三日

工藤美代子

文庫版あとがき

ずいぶんと長いタイトルの本だったので、友人たちは勝手に縮めて、この本のことを呼んだ。

『もしノン』『化けノン』『もしオバ』『出会い系』などなど、さまざまだったが、なんと形容されても、これがお化けの本であることに変わりはない。

ただ、お化けの本にしては迫力が不足していると私は思っている。それは、私という著者が、基本的にエネルギー不足で、いい加減な人間だからだろう。

もう少し真面目にお化けと、その背景にある事情に向き合っていたら、多少は読み応《ごた》えのある作品になっていたかもしれない。そう考えると忸怩《じくじ》たるものがある。

そんな不出来な著者と付き合ってくれた編集者の岩橋真実さんに御礼を申し上げたい。また、角田光代さんが解説の執筆をお引き受け下さったのは望外の幸せだった。こころより感謝の意を表したい。

二〇一四年九月九日　　　　　　　　　工藤美代子

解説

角田光代

この本を書店で見かけたとき、「え？」と思った。工藤美代子さんといえば私のなかでは非常に硬派なイメージで、それと「お化け」がうまくマッチしなかったのである。すぐさま買って読みはじめて、またまた驚いた。

幽霊や不思議な現象を、感じる人と感じない人がいる、ということは、子どものころから知っている。感じる人を、霊感がある人などと呼ぶ。私自身はそうしたものはまったくないが、でも、そういう人はいるんだろうと思っている。会ったこともあるし、話を聞いたこともある。工藤美代子さんはそういう「霊感のある人」なのだが、おもしろいのが、ご自身では霊感があるとは思っていないこと。ただ、不思議なことが身のまわりでよく起こる、と思っている。そして実際「見て」しまっても、とくべつ扱いしない（とくべつ扱い、というのも、へんな表現だが）。死んだ人だっていつかは「生きていた」のだからと書く。そして、見えてしまう、感じてしまうことに、ずっと慣れないように見受けられるのも、興味深い。そして、このことが、この本に書かれたことの信憑性《しんぴょうせい》を強め、結果的に読み手をこわがらせることになる。

霊感が強いことを自覚して、わりと得意になって「見える」「感じる」と言う人のほうが、多い。そういう人に、私はよく会うのだ。初対面の人が、自分は「見える」人なのだと話し出し、旅先で遭遇したものすごくこわい話をえんえん、えんえん、してくれたことがあるのだが、そのときとても忙しかった私は、「どうしてこの人は、人には見えないものが見えるのに、目の前の私が早く帰りたがっていることには気づかないのだろう」と思っていた。「人を呪うことができる」と言う人に会ったこともある。その人が呪うと、相手は死んでしまうのだそうだ。どういうわけだか、そのような人たちが、訊《き》いてもいないのに「見える」「感じる」と話し出すと、なぜかあんまりこわくなくなってくる。

そういう意味で、霊感なんてないのになあ、と思いながら、これだけの目に遭い、何歳になってもその不思議な力に慣れない作者の話は、本当にこわいのである。勝手についたり消えたりする換気扇、その後の風呂《ふろ》事件では声を上げそうになったし、坂道を歩く女の子の話も鳥肌が立った。病院の話も、何か深く納得するようなこわさだった。

私はこのテの話が子どものころから好きである。こわいのに、好きなのである。なぜなら知らないところの話だから。旅するようにはいけない場所が、いろんな話によって、少しずつ見えてくる気がするからだ。

結婚する前、まだ友人だったときの夫が、ひとり暮らしをしているマンションでへんなことが起きるとよく話していた。といっても、工藤さんのような話ではない、「なんてそそっかしいのだろう」というような、へんなことである。たとえば、玄関口に座って靴を履いていたら、立てかけていたキーボードが倒れてきて腰を強打した、とか。クロゼットに入ったら、外側から何かが倒れてきてドアが閉まり、そのままドアを塞《ふさ》いでしまって、閉じこめられてたいへんだった、とか。私を含む友人たちは、みんな内心、この人はだいじょうぶなんだろうかと思いつつ、笑ったり、心配したりしていた。そしてその数年後の二〇一一年、私は工藤さんのこの本を読み、かつて聞いた夫の部屋の話をあれこれと思い出し、あっ、と思った。わかったのだ。あれは本人のそそっかしさのせいではない。その部屋には、住人がいたのに違いない。そして、夫の何かが気にくわなかったのだ。夫は音楽関係の仕事をしているので、その部屋ではしょっちゅう音を出していたことを考えると、大きな音嫌いの住人だったのに違いないと、この本を読んでいたらそんなことまでわかった気になった。

知らない場所で起きている何かは、こんなふうに、私たちにはわからない。自分のせいで何かが落ちてきたり、消えたり、動いたり、しているのだと思いこむ。そして、私たちにはあずかり知らぬ場所があると知り、その場所の話を聞いてはじめて、あれはもしかして、見知らぬ場所で起きていた何かだったのかもしれないと気づくのである。

けれどこの一冊は、こわいばかりではないのである。

祖父が亡くなったその日に生まれた赤ん坊、その母子の健康を尋ねる電話。作者の母の死にあらわれた「もうひとり」の身内。一度だけ鳴っては切れる電話。

私はこれらの話を読んだとき安堵《あんど》した。今まで見送ってきた多くの人たち、もう二度と会うことのかなわない人たちは、本当に完全に消えてしまったのではなくて、私の知らないところに「いる」のだなあと信じることができて、安堵したのだ。そうならば、いつかまたきっと会える。

「兄とコピー」に至っては、私は読みながら泣きに泣いた。心身障害で全盲の兄が、年老いて出会った最初の友だちが、犬のコピーである。二人は不思議な団結をしてみせ、やがてコピーが亡くなる。でも、コピーは戻ってくるのである。この話は、私たちをなんと強くなぐさめてくれることだろう。大切な人、大好きな人、必要な人を失ってきた私たちを、なんとやわらかく包んでくれることだろう。そればかりでなく、心を通わせる相手と出会うことが、生きる上でどれほどたいせつかを思い知らされる。

私はこの本を読み返すたび、この作者がこうして見知らぬ世界のことを伝えてくれて、ありがたいなあとしみじみ思う。自分が見ているものは、この場所の、現実の、ずいぶん狭い浅い世界だけれど、この目がとらえることのできないはるかに広大で豊潤な世界が広がっていると思うのである。

本題とはずれるけれど、じつは、この作者のある意味波瀾《はらん》にあふれた人生に、私は並々ならぬ興味を持っている。出版社を興した父はものすごいお金持ちで、子ども時代の作者は特殊なほど裕福な暮らしを送り、父はその後母とわかれ別の女性と結婚、作者は、障害を持ち全盲の兄と凄絶な生活をし、高校卒業後チェコに留学し、カナダで結婚生活を送ってもいる。この本のなかにもちらちらと見え隠れする工藤美代子さんの人生の断片に、私はいちいち目を見開いて「へえぇ！」「うわあ！」とびっくりするのだが、ご本人は、なんでもなく怪奇体験を書くのとまったく同じように、まったくなんの装飾もなくさらりと書いている。シアトルの骨董品《こっとうひん》屋で見つけて、気に入って甲冑《かっちゅう》を買ったと、本当になんでもなく書かれているが（「三島由紀夫の首」）、甲冑をぽんと買う人を私は工藤さん以外に知らない。なんというか、こういうところに、この作者のおおらかさが見えて、なんだか納得してしまうのである。私の知らない場所にいる人々が、ふっと作者の前に姿をあらわしてしまう理由に。

この世ならぬものにも、自分自身にも、この作者は徹底して、冷徹なくらい客観的な目を向けている。もしもノンフィクション作家がお化けに出会ったらどうなるか、というと、大騒ぎされることなく、かように冷静に描き出されるのだなあと、しみじみ思うのである。

本書は二〇一一年五月にメディアファクトリーより
刊行された単行本を文庫化したものです。

収録作品の初出は左記の通りです。
文中の時制や年齢の表記は、原則として掲載時のままとしております。
書籍化にあたり、一部加筆修正、改題等を行いました。
本文掲載の写真は著者提供です。（一部を除く）

病院にて　『よみがえる』（経済界）2000年7月号・8月号
その男の顔　『幽』（メディアファクトリー）第7号（2007年6月刊）
通じる思い　『幽』（メディアファクトリー）第5号（2006年6月刊）
三島由紀夫の首　『幽』（メディアファクトリー）第13号（2010年7月刊）
知らない住人　『幽』（メディアファクトリー）第8号（2007年12月刊）
悪魔の木　『幽』（メディアファクトリー）第6号（2006年12月刊）
兄とコピー　『幽』（メディアファクトリー）第9号（2008年6月刊）
謎の笛の音　『よみがえる』（経済界）2000年9月号
元夫の真っ白な家　『よみがえる』（経済界）2000年10月号
坂の途中の家　『幽』（メディアファクトリー）第10号（2008年12月刊）
バリ島の黒魔術　『幽』（メディアファクトリー）第12号（2009年12月刊）
霊感DNA　『怪談実話系4』（MF文庫ダ・ヴィンチ／2010年6月刊）
母からの電話　『幽』（メディアファクトリー）第11号（2009年7月刊）
「赤い」人たち　『よみがえる』（経済界）2000年11月号
火の玉は何色か？　『幽』（メディアファクトリー）第14号（2010年12月刊）

もしもノンフィクション作家《さつか》が
お化《ば》けに出会《であ》ったら

工藤美代子《くどうみよこ》

平成26年 10月25日　初版発行
令和7年 6月30日　7版発行

発行者●山下直久

発行●株式会社KADOKAWA
〒102-8177　東京都千代田区富士見2-13-3
電話　0570-002-301（ナビダイヤル）

角川文庫 18813

印刷所●株式会社KADOKAWA
製本所●株式会社KADOKAWA

表紙画●和田三造

ISBN978-4-04-102609-0　C0195

角川文庫発刊に際して

角川源義

第二次世界大戦の敗北は、軍事力の敗北であった以上に、私たちの若い文化力の敗退であった。私たちの文化が戦争に対して如何に無力であり、単なるあだ花に過ぎなかったかを、私たちは身を以て体験し痛感した。西洋近代文化の摂取にとって、明治以後八十年の歳月は決して短かすぎたとは言えない。にもかかわらず、近代文化の伝統を確立し、自由な批判と柔軟な良識に富む文化層として自らを形成することに私たちは失敗して来た。そしてこれは、各層への文化の普及滲透を任務とする出版人の責任でもあった。

一九四五年以来、私たちは再び振出しに戻り、第一歩から踏み出すことを余儀なくされた。これは大きな不幸ではあるが、反面、これまでの混沌・未熟・歪曲の中にあった我が国の文化に秩序と確たる基礎を齎らすためには絶好の機会でもある。角川書店は、このような祖国の文化的危機にあたり、微力をも顧みず再建の礎石たるべき抱負と決意とをもって出発したが、ここに創立以来の念願を果すべく角川文庫を発刊する。これまで刊行されたあらゆる全集叢書文庫類の長所と短所とを検討し、古今東西の不朽の典籍を、良心的編集のもとに、廉価に、そして書架にふさわしい美本として、多くのひとびとに提供しようとする。しかし私たちは徒らに百科全書的な知識のジレッタントを作ることを目的とせず、あくまで祖国の文化に秩序と再建への道を示し、この文庫を角川書店の栄ある事業として、今後永久に継続発展せしめ、学芸と教養との殿堂として大成せんことを期したい。多くの読書子の愛情ある忠言と支持とによって、この希望と抱負とを完遂せしめられんことを願う。

一九四九年五月三日